猫弁《ねこべん》と奇跡の子《きせきのこ》

大山淳子
Oyama Junko

講談社

登場人物

百瀬《ももせ》太郎《たろう》　通称猫弁
大福《だいふく》亜子《あこ》　百瀬の妻で、戸籍上は百瀬亜子
野呂《のろ》法男《のりお》　百瀬法律事務所の秘書
仁科《にしな》七重《ななえ》　百瀬法律事務所の事務員
正水《まさみず》直《なお》　沢村《さわむら》透明《すけあき》のアシスタント
赤坂《あかさか》春美《はるみ》　亜子の後輩
沢村《さわむら》透明《すけあき》　元ひきこもりの弁護士
柳《やなぎ》まこと　獣医
柊木《ひいらぎ》小太郎《こたろう》　一歳半の男の子
野原《のはら》鮎太《あゆた》　百瀬の依頼人
寒川《さむかわ》瑞江《みずえ》　沢村の依頼人
梶《かじ》佑介《ゆうすけ》　喫茶エデンのウエイター
鈴木《すずき》晴人《はると》　百瀬法律事務所二階の住人
シュガー・ベネット　百瀬の母

登場動物

テヌー　百瀬と暮らすサビ猫
ボンシャンス　セルカーク・レックス
六郎《ろくろう》　雑種犬

目次

装画 カスヤナガト
挿画 北極まぐ
装幀 next door design

猫弁《ねこべん》と奇跡の子《きせきのこ》

【おことわり】

第一章一行目冒頭に大福亜子《だいふくあこ》との記述がありますが、実は作者がうっかり間違えました。前作（『猫弁《ねこべん》と狼少女《おおかみしょうじょ》』）で入籍を済ませたため、戸籍上は既に百瀬《ももせ》亜子です。執筆中に間違いに気付いたものの、亜子はこれからも大福姓で仕事をする予定ですし、百瀬亜子は単なる戸籍名に過ぎず、もし籍を抜いたらまた大福に戻るわけで、だから作者は一行目を修正しないと決めました。作者自身、生まれた時に親からもらった名前を筆名にしており、婚姻で変わってしまう戸籍名にさほど思い入れがないようです。「いずれ夫婦別姓は認められる」などと法改正を視野に入れた記述であると取り繕うつもりはありません。作者は間違えた。しかし訂正はしない。それだけのことです。ご了承ください。

第一章　ミステリーくじ

　大福亜子は結婚報告書を手に人事課へと向かう。

　階段を一段一段、ゆっくりと踏み締める。

　亜子が勤めるナイス結婚相談所は新宿《しんじゅく》駅南口から歩いてすぐのオフィスビル七階にある。総務部人事課はひとつ上の階だ。階段を上りながら亜子は思う。ペーパーレスの時代に紙での提出。これこそが結婚の重みなのだと。

　結婚相談所は、お客さまである会員の個人情報が財産である。

　情報量が多いほど成果が上がるし、サービスも向上する。ゆえにナイス結婚相談所ではデジタル化がいち早く進められた。ＩＴ企業にシステム管理を一任しており、セキュリティー対策は万全だ。ここ数年で紙の書類は大幅に処分され、オフィスは広々とした。

デジタル化は社員にとってもいいことだらけで、転居届や休暇願を社内アカウントより提出できるようになった。つまりスマホひとつで「明日会社休みます」が可能になったのだ。

ただし例外はある。社員が結婚する時、もしくは離婚する時は、旧来通り紙で報告すること。それはしっかりと社内規程に明記されている。書式をダウンロードしてプリントアウトし、自筆で記入。それを人事課へ持って行って課長に手渡しすることになっている。

これは社長のこだわりなのだ。

「科学技術がどれほど進化しても、結婚は人と人とが生身で向き合うものである。だからこそ難しく、だからこそ尊いのだ」

亜子は「その通り」と思う。「だがしかし」とも思うのだ。

婚活業界は令和に入って様変わりした。ライバルはマッチングアプリだ。あの手軽さに対抗するため、多くの結婚相談所ではオンラインでの相談や見合いが導入された。

亜子は「オンラインにすれば、地域格差は解消する。過疎の村の嫁不足の相談にも乗れるし、障がいがあって外出が難しい人も参加できる」とオンラインサービスの導入を希望しているが、社長に一蹴され、ナイス結婚相談所はいまだに相談も見合いも対面が原則だ。これは突出して堅苦しいやり方だと亜子は不満に思う。

しかしこの手間、面倒臭さが「会員はみな本気であり、成婚率が高い」と信頼につながっているのも事実で、未《いま》だ会員数は業界トップである。

亜子が問題視している地域格差については社長も重く見て、出張相談サービスをスタートした。外出が難しい人の家には社員が訪問して相談を受けることも始めた。

会員とは直《じか》に会う。会って人となりをつかむことが肝心だという社長の方針は揺るがない。だからこそ社員の結婚報告も対面で行うのだ。その際、人事課長からいくつか質問される。社員の間では問診と呼ばれている。

「今、問診受けてきた」と言えば、同僚から「結婚？　おめでとう」と言われたり、「とうとうバツイチ？」と言われたりする。

亜子もついに問診を受ける日が来た。

誇らしい気持ちと一抹の不安との間で心は揺れる。報告書には配偶者の氏名を書かねばならない。配偶者名はもちろん百瀬太郎《たろう》。亜子にとって初恋のひとである。

あれは亜子が中学生の時、近所で起きた世田谷猫屋敷《せたがやねこやしき》事件。

ひきこもりの老婆が暮らしている古いお屋敷は近隣住民の悩みの種だった。

ゴミは庭に置きっぱなしだし、ゴミ目当てに集まる野良猫は屋敷の中も外も自由に行き来し、よほど居心地が良《よ》いのか数をどんどん増やし、周囲に強烈な悪臭を放っていた。

近隣住民は立ち退きを要求し、区役所へ嘆願書を提出。事態は訴訟にまで発展し、マスコミにも取り上げられた。

当時、飼い主のいない猫の殺処分は日常的に行われていた。不安になった亜子は、近所のまこと動物病院に助けを求めた。おばあさんと猫を救う方法はないですかと。獣医の柳《やなぎ》まことは実家が医者一族のため、一流の弁護士事務所に顔がきく。銀座《ぎんざ》の一等地にあるウエルカムオフィスに依頼したところ、若手のホープが引き受けることとなった。

それが百瀬太郎だ。

亜子は生まれて初めて裁判を傍聴し、被告の代理人として法廷に立った若き弁護士を見て、恋に落ちた。

見てと言っても、姿かたちではない。弁論の姿勢、言葉の選び方、ものごし。百瀬はどれをとっても優しさにあふれ、かつ正義が貫かれていた。彼がひとこと発するたびに法廷の空気が澄んでゆく。亜子の目に当時の百瀬は輝いて見えた。

「こんなに清らかであたたかい人がいるんだ！」

まさに発見であった。

亜子はまだ十五歳だったが、「掘り出しものだ！　ほかにはいない」と確信したし、実際、その後出会った人間たちの中に百瀬のような人はいなかった。

良い人はいるのだ。わりとあちこちにさりげなく存在している。「殺伐とした世の中だ」と嘆く声も多いが、そんなことはない。駅のホームでお年寄りがつまずけば、さっと手を貸す人は普通にいるし、迷子になって泣いている子どもがいれば、「どうしたの？」と声をかける人もいる。

でもみな三百六十五日二十四時間良い人ではいられない。大事な会議の直前や入試に向かう途中で、倒れている人に駆け寄り手厚い救助ができるだろうか。救急車を呼ぶことはできても、付き添って病院に行くことはできまい。

そう。親切というものは、その語感の軽さに象徴されるように、ヽヽヽヽヽヽできる範囲でするものなのだ。短時間で済み、損もせず、何気なくできる。それこそが親切の正しい姿だし、つまり親切の王道なのである。

そこを軽々と超えてゆくのが百瀬太郎だ。

彼は熱心に長い時間をかけて世田谷猫屋敷事件に取り組み、おばあさんと猫および近隣住民の幸せを追求し、全方位に過不足なく最高な落としどころを見つけて決着できたものの、全方位の中に自分を見落としていた。

ウエルカムオフィスは「費用対効果が最悪な弁護士」として百瀬を見限り、独立を促し、つまりやんわりとクビにした。

才能と努力を惜しみなく発揮した結果、百瀬は大損したことになる。十五歳の亜子に見そめられたという利があるものの、もちろんこの時の百瀬は知る由もない。

亜子はというと、当時は倍近く歳《とし》の差があったので、つきあうなど現実的ではなく、告白もしなかったが、百瀬をあこがれの人として胸に刻んだ。

たとえて言うなら、祖母から譲り受けた古い着物のような。実際には身につけないけれども、時々ながめたり、思い返したりしていつくしむ、そういう、自分だけに価値があるお宝として大切に胸にしまっていた。

もちろん、時が経《た》てば祖母の着物の存在も忘れがちになるし、百瀬太郎の存在も日々薄れていった。「子どもの頃好きだったアイドル」みたいな薄まりかただ。

そんなところへまさかの再会。

百瀬がひょっこり亜子の職場に現れたのである。

あこがれの人が「わたしはいまだに未婚で、この先出会いを望めそうになく、ただいまお嫁さん募集中です」というラベルを胸に貼り（あくまでも比喩）、亜子のテリトリーに現れた。まさに「カモがネギをしょってきた」状態だ。

亜子は舞い上がった。

やったー、会えた会えたと喜び勇んだ。

百瀬はちっとも変わっていなかった。裏表のない素朴な人柄そのままに、黒ぶち丸めがねの奥から疑いのない瞳でアドバイザーの亜子を見つめる。そのまっすぐな瞳に見つめられると、日々の小さな不安や不満などの負の感情は消え去り、「この世は捨てたものじゃない」と思えるのだ。

亜子は再会後あらためて「この人しかいない」と強く確信した。

一方、百瀬は十年近く前の裁判の傍聴席にいた女の子の顔など知るはずもなく、結婚相手に求める条件は「わたしでいいと言ってくださる女性ならどなたでも」などと言う。

亜子は舌打ちした。これではすぐに婚約が成立してしまうではないか。弁護士という好条件男子が「どなたでも」と両手を広げている。やばい、と亜子は思った。

当然のことだが社内規程に「社員は会員と特別な関係をもってはいけない」とある。亜子はわざと合わない相手を紹介し続けた。成婚率社内ナンバー1を誇る敏腕アドバイザー亜子の目に狂いはない。弁護士という肩書きが大好きで、高い経済力を強く望む女性たちはみな百瀬を拒絶した。

NOと言われ続け、自分は結婚不適合者かもしれぬと落ち込みつつも、百瀬はねばり強く見合いを重ね、ひたすらに家族を求め続けた。そんなけなげな姿を見ても亜子はひるむことなく、合わない相手選びに没頭し続けた。

ニーチェは言った。

復讐《ふくしゅう》と恋愛においては女は男より野蛮である。

名言である。うなずく人も多いだろう。女は野蛮であり、亜子も例外ではない。しかし野蛮な行為はいつか自分に返ってくるものだ。

百瀬は三十一連敗したあと、「金が尽きました」と退会してしまった。

亜子は心底驚いた。弁護士なのに会費を払えないなんて思いもよらなかったのだ。法曹界の会員は他にもいるが、みな羽振りが良い。ゴルフ場の会員権ではなく、たかが結婚相談所の会費ではないか。それすら払えないなんて。

たしかにプロフィールに書かれた年収は低かった。年により変動ありと但し書きがあったから、それなりの貯えはあると思い込んでいた。

亜子はしばし途方に暮れたが、やがて気づいた。彼は会員ではない、特別な関係になってもいいのだと。

早速告白、「どなたでも」なので即婚約成立。こうしてめでたく初恋を実らせたものの、婚約者としての期間は思いのほか長くなり、入籍まで三年かかってしまったが、ついに成就した。

さていよいよ問診という関所へ向かう。

百瀬太郎は会員ではないが、元会員である。人事課長はそれを見逃してくれるだろうか。一度でも会員登録した人間のデータは社内に残り続ける。サービス向上のための貴重な資料だからだ。三十一連敗ののち退会した男として、百瀬太郎は記録されている。亜子が担当したことも、証拠《ほ》はばっちり残っている。

結婚相談所の社員が惚れた会員をわがものとする。それは職権濫用だし……。

亜子はおのれの非を認めた。

「あってはならないこと」

「何ですって?」

人事課長の祝良子《いわいよしこ》は報告書を受け取りながら不思議そうに尋ねる。

「聞こえなかった、もう一度言って」

「あ、すみません、何でもありません」

亜子はヒヤリとした。心の声が漏れてしまうなんて。

かつて亜子の指導員だった祝は一重の鋭い目で報告書に目を通している。化粧っ気のない白い頬、お雛様《ひなさま》のように整った和風顔だ。

亜子は入社したばかりの時、祝にこう言われた。

「大福さん、あなたがこの会社に入社した理由は？」

「人を笑顔にするお仕事をしたかったからです」

「嘘《うそ》おっしゃい。ほかを落ちたからでしょ？」

図星だった。

「いくつ落ちたの？」

「……三十……七」

「いくつ受かったの？」

「……ここだけ……です」

「わたしもそう」

祝はあっけらかんと笑顔で言った。

「わたしたちは有名大学出身ではないし、コネもない。ここに拾われたのは苗字《みょうじ》がおめでたいからよね」

「はあ……」

「でもね、優秀な学生が社会人として立派になるかというと、そうでもないの。わたしたちのように、自分は凡人だと自覚している人間のほうが成長目覚ましいものよ。自信がないから手を抜かないし、自分以外の人を上に見て学ぼうとする姿勢がある。そうしてコツコツ取り組んでいけば、あなたがさっき言った言葉が嘘じゃなくなる日がきっと来る」

「人を……笑顔にする？」

「そうよ。それがやりがいになって、ああ、ここに就職してよかった、天職だって思える日がきっと来る。ほんとよ」

亜子はその言葉に魅了され、夢中で仕事を覚えた。そしてどんどんこの仕事が好きになった。縁が結ばれて嬉《うれ》しそうなカップルを見る喜び。寿退会する会員を見送る誇らしさは格別だ。

祝は報告書とデータを照合し終えると、亜子の目を見て言った。

「結婚おめでとう」

亜子の緊張はマックスとなる。

「あ……りがとうございます」

「式は？　これから？」

「はい……まだ先ですけど……」

「女の晴れ舞台ですものねえ」

祝の笑顔が不気味だ。いつ矢が飛んでくるかわからない。

「じゃ、下に戻っていいわよ」

「は？」

「会社からのお祝い金は手渡ししないことになったの。心配しないで、来月の給与に乗せて給付されるから」

「問診……は？」

「問診？」

「お相手についてあれこれ問いただされるって聞いたので」

祝はふふふと笑った。

「そんな儀式消滅したわよ。時代錯誤でしょ。社員のプライベートをあれこれ聞くなんて。コンプライアンス的にＮＧ」

「あ……そうなんですか」

「やって欲しい？　問診。いっちょやる？」

「いえいえ、そんな」

祝は意味ありげににやりと笑う。

「わかってるって、誰だって褒められたいわよね」

「え？」

「しかたない。褒めてあげます」

「何をですか？」

「あなたのお相手、元会員でしょ」

亜子はどきりとした。

「有名人だもの、百瀬太郎さん。データを確認するまでもなく、わかったわ。敏腕アドバイザーのあなたをもってしても縁談がまとまらなかった。まさに敗者のキングってわけ」

「敗者のキング……」

「三十一連敗記録は今も塗り替えられていない。この先も記録保持者として名前は残り続けるでしょう」

「はあ……」

「あなたすごいわ。責任とって結婚するだなんて」

「ひえっ？」

あまりに驚いたため、喉から妙な声が出た。

「モテない男を救ったのね。まさに救世主。担当者としての責任感からでしょうけど、わたしはさすがにちょっと引いたわ。そこまでする？　あなたの元指導員としては複雑な心境よ。わたしはあなたにもっと自分の幸せを追求してほしかった」

「ええっとあの」

「でも社長は褒めてたわ。見上げた根性だって」

「誤解です。百瀬さんは素敵な人なんです。だってわたしはずっと」

「はいはい、わかった。とにかくおめでとう。職場では旧姓のまま仕事してね。いい？」

「はい、もちろんそのつもりですけど、あの」

「良かった！　大福って名前は得難いもの。事務手続きはやっておくから。ほら行って。

お互い仕事に戻りましょう」

亜子は階段を降りながら、何度もため息をついてしまう。

救世主って……。

まるで欠陥品を引き受けたお人好《ひとよ》しみたいなストーリーができあがっている。

踊り場で立ち止まり、考える。

違う。

うまく立ち回っていい男をゲットしたずるい女、それが自分だと亜子は思う。

戻って言い返そうか。「狙っていたんです、中学生の頃から好きだったんです、作戦を立ててやっと手に入れたんです、初恋の人なんです」と。

夫が欠陥品扱いされている。三十一連敗男ですって？　自分が仕組んだこととはいえ、ムカつく。夫が見下されるより、職権濫用の罪のほうがマシだ。戻ってぶちまけよう！

最高の人を手に入れたんです、と。

ふと、考えた。

百瀬だったらどうするかなと考えた。

んー……。

「あの人なら気にしないよね、人の評価なんか」と声に出してつぶやく。

すると急にすがすがしい気持ちになり、もうどうでもよくなって、さばさばと階段を降りた。七階に戻ると、「問診どうだった？」と同僚に聞かれた。

「そんなものとっくに消滅したって。時代錯誤だもんね」

「なあんだ。うれしいような、つまらないような」

「ほんとほんと。肩透かしよ」

「あ、ねえ、お試し相談のお客様いらしてるよ。大福さんご指名だって言うから七番室に通しておいた」

「そう、ありがとう」

亜子の企画でスタートしたお試し相談。会員登録しなくても、三十分二千円で結婚にまつわるあらゆる相談ができる。予約制ではなく、そのとき手が空いているアドバイザーが対応する。会員との面談の合間に相談を入れるので、待たせることも多いが、ふらっと立ち寄れる手軽さが受けて、評判がいい。

三十分二千円は破格の価格設定で、弁護士なら最低でも三十分五千円はかかる。身分証明書も不要で仕事帰りに気軽に相談できるのも人気の理由だ。そのかわり、お相手の紹介はしない。紹介してほしかったら会員登録お願いします、というわけだ。

同僚は耳打ちする。

「女性よ。五十代くらいかな。結婚するには難しい年齢よね」

「そうかな。若い人ほど選択肢があると思い込んで選んで選んでこじらせてしまうでしょ。五十代なら人生の先輩。こちらが学ばせていただく気持ちでお会いするわ」

「なるほど、大福さんのそんなところが成婚率につながってるんだなあ。見習おうっと」

「わたしなんてまだまだ。じゃ、行ってくるね」

亜子は張り切っていた。ビジターにまで指名されるなんて。やはり大福という名前に縁起のよさを感じるのだろう。でも戸籍では百瀬亜子。

ももせあこ。ももあこ。いい響き！

亜子はにやつきながら、「今から会う五十代女性も笑顔に！」と意気込むのだった。


百瀬太郎はノハラ精肉店の二階の座敷《ざしき》で、コーンコロッケふたつを前に、本日の依頼人である野原《のはら》鮎太《あゆた》の話に耳を傾けている。

「一週間ほど前のことです。ひなた商店街で福引きをやっていたんです」

ひなた商店街は古くから地域の人々に愛され、今も昭和の香りがする街である。百瀬が最近まで住んでいたアパートから徒歩三分で、懐に優しい庶民的な店ばかりが軒を連ねる。苦学生だった百瀬にとってありがたい存在だった。

「福引き？　年末でもないのに珍しいね」

「はい、先生。ぼくも驚きました」

鮎太はこの商店街で生まれ育ち、小学生の頃、百瀬に勉強を教わっていた。現在若くしてノハラ精肉店三代目の店主である。

右隣にはノハラ鮮魚店、左隣にはノハラ青果店があり、野原一族が三店舗を経営している。なんでも、東京大空襲で親を亡くした三兄弟が始めた店だという。ひなた商店街のルーツである。

精肉店三代目の鮎太は、実は隣の鮮魚店の長男として生まれた。小学生の時に商店街主催の夏祭りで金魚掬《すく》いをして、その時手に入れた一匹の赤い金魚をこよなく愛し、以来、魚を食べることもさばくこともできなくなってしまった。そこで叔父の精肉店を継ぐことになったという経歴の持ち主だ。

ひなた商店街には履物屋や不動産屋、団子屋、文具店、手芸店、クリーニング店があり、店同士まるで親族のように仲が良い。商店街の会長は代々野原一族が務めているが、会長と言っても権威はなく、世話係みたいなもので、店舗間の調整役となっている。

百瀬は大学時代、司法試験の勉強で忙しくバイトを控えていたが、当時の会長（鮎太の父）に頼まれて夏休みだけ商店街の子どもたちの勉強を見ていた。鮎太もそのひとりだ。場所は店の二階で、日によって店は変わった。どの部屋にもエアコンがあって、扇風機しかもたない百瀬にとって、暑さしのぎになった。鮮魚店の二階で勉強を見ていると、お昼にまぐろ丼を出してくれたし、精肉店の二階ではコロッケにありつけた。

現会長は鮎太で、今まで百瀬に相談に来たことはないが、よほど困っているのか昨夜遅くに電話をかけてきた。懐かしさもあって、百瀬自ら出向いたというわけだ。

「福引きは会長の鮎太くんが主催したんじゃないの？」

「いつもはそうです。年末にぼくがみんなと協力してやっています。でも……来年は難しいかも。ひなた商店街は高齢化が進んで、後を継ぐものも少なくなって、閉店しかかっている店が多いんですよ。月一うちで開く店主の寄り合いは、まるで老人会。ひなたじゃない、ひなびた商店街だよなあって弱音吐き大会になっちゃっています。お客もだいぶ減っちゃったし」

「お客が減ってる？　ここは住宅街だし、前は空き地だったところに新しく家が建ってるし、住民の数自体は増えているよね。近くにスーパーもないし」

「たしかに人口は増えているんですけどね」

鮎太は眉根を寄せた。

「隣町にある大手スーパーが宅配サービスを始めちゃったんです。宅配って便利ですからね。お客さんも高齢化してるんで、足が弱ってるでしょ。うちだってお得意さんが足を悪くしたと聞けば、お届けに上がったりしているんですよ。昔からそういうサービスはしています。でも家族経営には限界があります。人手が足りてるわけではないから、こう、大々的に宅配サービス始めます、電話一本でお届けしますとは言えなくて」

「それはそうだよね」

「でもうちは今のところなんとか店を維持しています。若い人もお年寄りも料理をするのが億劫《おっくう》になってきちゃったみたいで、肉よりも惣菜《そうざい》が売れるんです。揚げ物とかサラダとか。だからそっちに力を入れているんです」

「コーンコロッケ、絶品だしね。いい匂いだ」

「先生、どうぞ食べてください。熱いうちに」

百瀬はさっそく箸をとった。粗くつぶしたじゃがいもに、ぷりぷりのコーンがたっぷりと入ったしっかり硬めの俵型コロッケ。昭和からレシピが変わらぬ伝統の味だ。

まずは何もかけずに、ひと口。サクッとした衣の歯触り、そのあとぶわっとじゃがいものうまみが口の中に広がり、新鮮なコーンの香りが鼻に抜けてゆく。

「うまい」

「でしょ？」

ふた口目からは勧められるままにとんかつソースをかける。ごく普通の、どこにでもあるとんかつソースだ。シェフが調合したなんたらソースではダメだ。当たり前の味が期待通りの満足へとつながる。

「んーまい。おいしいなあ……」

馴染《なじ》みの味が一番だと百瀬はしみじみ思う。

「でしょでしょ？　このコロッケ、去年テレビの情報番組で紹介されて、ものすごく売れたんです。でもそれだって一瞬のこと。あっという間に忘れられちゃう」

「あっという間に食べちゃった。ごちそうさま」

おかわりを持ってこようとする鮎太を制し、百瀬は「話を進めて」と促す。

「突然、福引きが始まったんですよ。みっちゃんの店の前で」

みっちゃんというのは鮎太の同級生で、履物屋の娘である。みっちゃんも夏休みの勉強会に通ってきていた。鮎太は体育以外の成績は2と3ばかりだったが、みっちゃんは本好きな少女で国語と図工の成績が良かった。

「みっちゃんはどうしているの？」

「草履を買いに来た親日家のフランス人と恋に落ちて、かけおちしました」

「えっ」

教え子は記憶の中で子どもであり、かけおちという言葉とのギャップにうろたえる。

「それいつのこと？」

「先生が世田谷猫屋敷事件で忙しかった頃です」

「だったらみっちゃんまだ高校生だったんじゃない？」

「はい、履物屋のおじさんは犯罪だ、誘拐だって大騒ぎしていたけど、おばさんはみっちゃんから前の晩に打ち明けられていて、そんなに好きならしかたない、好きにしなさいって、送り出したと言ってました」

「じゃあかけおちではないよね」

「かけおちですよ。ぼくとおじさんにとっては。ぼくはみっちゃんのこと好きだったし、いつかお嫁さんにって思っていたし、おじさんも、お前にならって言ってくれてたんです。これってざっくり言うと婚約みたいなものでしょ」

「鮎太くん、みっちゃんと交際してたの？」

「まさか。みっちゃんは高嶺《たかね》の花ですよ。勉強も見た目もイマイチなぼくは作戦を立てたんです。まず親を攻略するって。おじさんに言ったんですよ。ぼくが肉屋を継いで、みっちゃんが履物屋を継ぐ。ぼくたち夫婦はそれぞれの店を継いで、ひなた商店街を守り立ててゆくって。おじさんは、ならば孫の面倒は任せてくれって、うれしそうでした。次はおばさんを攻略しなきゃと思っていたところで、フランスのスカした野郎にさらわれちゃったんです。婚約破棄です」

百瀬は呆《あき》れた。

「憲法二十四条においては、婚姻は両性の合意のみに基づいて成立するとなっている。おじさんと片思いの鮎太くんとの口約束に法的効力はないよ」

「ぐさっときた。今、ぐさっときました。じゃあ……この……ぼくの胸の痛みは……あの時のショックは……存在しないってこと？」

「存在は認めるよ。れっきとした失恋だ。法的な効力はないけどね」

「なんだか傷つきました……」

百瀬は元教え子を励ますことにした。

「法的効力が人生のすべてではないよ」

「ぐさりだなあ……ぐさりだ……」

「で、みっちゃんはフランスに行っちゃったの？」

「かけおち先はフランスじゃなくて京都なんですよ。そいつは京都の大学でフランス文学を教えていて、当時三十いくつだったかな、若くして教授ってやつですよ。とはいえ、その頃みっちゃんは十七だし、やっぱ犯罪じゃないですか？」

「今は民法が改正されて女性は十八歳にならないと結婚できないけど、当時は十六歳で結婚できた。結婚できる年齢の女性と一緒に暮らしても、同意があれば刑法上犯罪とは言えないよ」

「犯罪っていうのは、気持ちとしてですよ。ぼく、法律とか難しいことはわからないけど、感覚的にはそいつは悪党だと思います。そいつの家にはしょっちゅう大学生たちが遊びにきていたらしいです。苦学生を居候させたりしていたみたいで」

「いい先生なんだね」

「悪党です。世話をするのはみっちゃんなんですから。大学生たちの食事の支度や洗濯もやってあげていたらしいですよ」

「ん？　それはひっかかるな」

百瀬は文字通りひっかかった。

「みっちゃんがやっていたのは家事かな？　それとも労働？　だとしたら対価を得ていたのだろうか。そもそも籍は入れていたのかな。みっちゃんは自ら望んで学生の世話をやいていたのだろうか。それともフランス文学の教授に言葉巧みに騙《だま》されてタダ働きさせられていたとか？　だとしたら……刑法に触れるかもしれない。みっちゃんの連絡先わかる？」

「みっちゃんはもう京都にはいません。世話をしていた学生さんと恋に落ちて、かけおちしたんです」

「えっ、また?」

「みっちゃんは美人だからなー」

「そうだっけ」

「そうだっけって、先生、気づかなかったんですか? 中一でミスひなたに選ばれたじゃないですか」

「そうだっけ」

百瀬は教え子の顔が思い出せない。国語が得意な女の子という記憶しかない。たしか絵もうまくて、区の芸術祭の小学生部門で金賞をとっていた。たたずまいはぼんやりと思い出せるが、顔は記憶にない。金賞をとった絵は覚えている。近所の神社の境内を描いた風景画だ。さりげなく、そう、見落としそうなくらいに小さく茶トラの猫の後ろ姿が描かれていた。手水舎《ちょうずや》からしたたり落ちる水を飲んでいるように見えた。そういうシーンを切り取って、しかも後ろ姿を描いた。そのセンスが印象的だった。

「フランスの野郎が履物屋にみっちゃんを捜しにきたんです」と鮎太は言う。

「おじさんもおばさんもびっくりしてました。ぼくもです。そいつがあまりに取り乱していて、心労で十円ハゲもできちゃってて、ぼく的には自業自得でざまあみろって展開なんですけど、おじさんたちは人がいいから、そいつをかわいそうに思って、育て方が間違っていたとか謝っちゃって」

「それでみっちゃんは今どこにいるの？」

「さあ」

鮎太はふーっと深くため息をつく。

「結局みっちゃんは、ひなた商店街を出たかったんじゃないかな。美人で頭もいいから、自分の可能性を試してみたかったんじゃないかな。今思えば、ぼくはみっちゃんと結婚しなくてよかったかも。そんなに移り気じゃ肉屋のおかみさんは務まらないもの」

「それで履物屋さんはどうなったの？」

「みっちゃんの両親が続けてきたんだけど、去年おじさんが腰を悪くしてから店は土日だけ開いて、ふだんはシャッターが閉まっているんです。そこでいきなり福引きが始まって」

「そうだ、福引きの話だ。で？」

「ちょうど部活帰りの高校生たちが商店街を通る時間で、コロッケひとつ、レシートくださいって言うんです。ひとりじゃなくて次々来たんです。部活帰りに学生がコロッケをテイクアウトするのはよくありますけど、ふだんはレシートなんか受け取らないです。それがその日はずらっと並んで、コロッケひとつでレシートを要求するんです。不思議に思って表に出たら、女の人がいて、履物屋のシャッターの前にテーブルをセットして、ちりんちりんってベルを鳴らして、ひなた商店街でお買い物中のみなさん、レシートを持って来れば、一枚につき一回、くじが引けますよ、と叫んでいるんです。値段はいくらでもかまいません、レシート一枚でくじ一回って」

「へえ」

「しかもね、ミステリーくじです、って言うんです」

「ミステリーくじ？」

「景品、見える場所に置いてないんです。当たるまで何がもらえるかわからないんです。そういうのってドキドキするじゃないですか。学生たちは嬉々《きき》としてコロッケを手に、ガラガラ、ポンって」

「ガラポン？」

「そう、あれですよ、先生。あの、ガラガラまわすやつ」

「新井《あらい》式廻転抽籤《せん》器？」

「そう、回転するやつです」

百瀬は懐かしく思い起こす。

ひなた商店街で毎年年末に行われた福引き。年季の入った抽選器で、野原一族が所有していた。朱塗りの八角形の木箱にハンドルが付いており、それを握って箱を一回転させると、チン、と音がして小さな穴から玉がひとつだけこぼれ落ちる。その玉の色で景品が決まるのだ。百瀬はひなた商店街の福引きでトイレットペーパー十二ロールを当てたことがある。ありがたかった。たしか青い玉だった。

「まだあの抽選器使ってるの？」

「あ……はい」

「貴重な品だよね。東京抽籤器研究所が製造した新井式廻転抽籤器でしょう？」

「東京？　研究所？　何ですかそれ」

「気づかなかった？　木の箱に四角い金属プレートがねじ留めされていて、東京抽籤器研究所製造、新井式廻転抽籤器って刻印があるじゃない」

「そうでしたっけ？　そんなに貴重なものなんですか？」

「あれはね、新井さんがお客様サービスのために考案した画期的な仕組みなんだ」

「新井さんって誰？　先生の知り合い？」

「いやいや、歴史上の人物……ってほどには有名じゃないけど、帽子屋を営んでいた新井さんが、店にたくさんあった帽子用の紙箱で抽選器を作ったんだよ。たしか大正初期だったかな。お客様を喜ばすためにね。帽子を収納する八角柱の紙箱。身近にあるもので作っちゃうんだから、偉いよね。個人の思いつきが発明を生んで、ついに専売特許まで取ってしまって、抽選器を製造販売する研究所まで作っちゃったんだよ」

「あれって特許品なんですか？」

「もう特許は切れてるけどね。研究所も今は存在しない。でも存在しないからこそ、付加価値がある。もう製造してないんだから」

「高価なものなら……売れますか？」

「いや、資産価値はそこまでないよ。せいぜい数千円ってとこじゃないかな」

「なあんだ、売ってボロ儲《もう》けって話じゃないんですね」

「それはないね」

百瀬はふと、自分は今どうしてここにいるのだろうと思った。新井式廻転抽籤器は確かに魅力的だが、今ここで熱く語る必要があるだろうか。鮎太はいつ本題に入るのだろう。昨夜はせっぱつまった声で電話をしてきた。相談ごとがあるはずだ。

「それで……相談って？」

「福引きなんですけど、高校生たちはみーんな白い玉が出たんです。ハズレです。残念でしたね、でおしまい。ハズレって普通はポケットティッシュくらいは用意するもんでしょう？　うちの商店街では甘酒一杯とか、珈琲《コーヒー》一杯をサービスしますよ。何もないってこと、あります？　ぼくそこで疑い始めたんです。ハズレしかないんじゃないか。ひょっとしたらどっかの調査会社がひなた商店街の人通りや売上を調べにきたんじゃないか。いやもっとブラックな、たとえば地上げ屋かもしれない」

百瀬は身を乗り出した。相談ごとに近づいてきた予感がする。

「怪しいと思ってぼく、自分の店のレシートを持って、一回だけガラポンを」

「やってみたの？」

「はい」

「それで？」

「赤い玉が出たんです」

「当たり？」

鮎太は意味ありげにうなずいた。

「女の人が激しくベルを鳴らして、大当たり、イットーですって叫んだんです」

「一等？　すごいじゃないか」

「ええ、ぼくは舞い上がりました。温泉に行ける、ハワイ旅行かも、いやいや、４Ｋテレビかなと」

「ミステリーくじでしょ？　普通の景品じゃなくて、ちょっとひねってるんじゃない？」

「ぼくはもう、ただもう、うれしくなっちゃって」

「うん、わかるよ」

百瀬は青い玉が出た時、あまりの喜びに、ぴょんと跳ねてしまった。トイレットペーパーという生活必需品を当てることができ、ありがたかったのだ。

鮎太は意気込んで話を続ける。

「受け取りますかと聞かれたので、もちろんですと。住所を聞かれたので、すぐそこの肉屋ですと。すると、あとで送るというんです」

「その場で景品をくれないの？　ちょっと変じゃない？」

「変とは思わなかったんです。抱えきれないほどでっかいテレビかもと思ったし、ドラム式洗濯機かもと夢が膨らんで……。くじが当たるなんて初めてだから、舞い上がっていたんです。すっかりぼくは馬鹿野郎です」

「で、送ってきたの？」

鮎太はうなずき、そっと立ち上がると、音を立てずに襖《ふすま》を二十センチほど開けた。

隣の部屋は四畳半の和室で、中央に座布団が置いてあり、その上にこんもりとした毛のカタマリがある。カタマリは使い込んだ雑巾のような色をして、もじゃもじゃと渦のように毛が巻いている。ＬＬサイズの手編みのセーターをほどいたら、こんなふうに縮れた毛の山ができるだろうと思われた。そしてなんとその山はかすかに上下に動いている。

百瀬は息を呑《の》んだ。

「ひょっとして……」

百瀬は自分が世間で何と呼ばれているかを知っている。

だから今日の相談は「この猫どうにかしてください」ではないかという予感が全然なかったとは言い切れない。東京には弁護士があふれている。その中から百瀬を選ぶのだから、「間違いなく猫案件」とまでは言いたくないが、依頼者と会う時はどうしても「猫案件だろうか」と身構えてしまう。名前は、それがたとえあだ名だとしても、自分の意識に影響を及ぼしてしまうものだ。猫案件が嫌だとは言わないが、猫弁と呼ばれることが誇らしいかというと、それはやはり違うのだ。

「犬には見えません」と鮎太は言った。

ナイーヴな青年なので、いきなり「ほら猫ですよ」とは言わない。

「寝てます……ずっとです……顔、うずもれて見えないですけど……あそこ、ちょっと尖《とが》ってるとこ、あれは耳ですよね」

百瀬は予感をはずしてみたくなった。

「耳だね……毛が巻いている……あの巻き具合はプードルじゃないかな？」

「犬じゃないです」

鮎太は非情にも言った。

「長いひげを確認済みです」と核心をついてきた。

百瀬は観念した。

「猫か……」

鮎太はうなずく。

百瀬は相談の核心にたどりついたことをヨシとしよう、と腹をくくった。

「あの子はどうやってここに？」

「昨日の朝、七時過ぎです。開店の準備をしていたら、店の前に黄色い車が停《と》まって、運転手が降りてきました。ペットタクシーです、お届けものですって言うんです。ぼく意味がわからなくて黙っていたんです。そうしたら、運転手が車からこいつを抱え降ろしてどこへ置きますかって迫ってくるんです。毛があるでしょ、獣だってことはわかって、やばいと思って。そんなもの注文した覚えはありませんって抵抗したんですけど、福引きの景品です、って言うんです。サインしましたよねって。送り状もあって」

鮎太は送り状を百瀬に見せた。『ミステリーくじ一頭賞』と書いてある。

百瀬は目を見張った。

「一頭賞なんだ……」

「そうなんです。一頭が当たったたんです」

鮎太は目をうるませ、くやしそうに唇を嚙《か》み締《し》めた。

「はめられたんですよ」

百瀬は小さな声で「そのようだね」と肯定した。

「うち、生肉を扱ってるんで、衛生上、店の中に持ち込まれたら困るので、とっさに二階を指差したんです。すると運転手はおじゃましますと言ってそいつを抱えたまま階段をどんどん上がっていくんです。ぼく、あわてて追いかけました。運転手は二階に入り、そいつをそこに置いて、確かに届けました、サインしてくださいと。ペンを渡されて」

「受取拒否しなかったんだね」

「そうなんです。受け取ってしまいました。ごめんなさい」

「謝ることはないよ」

「ついサインしちゃったんです。頭が真っ白になっちゃって」

「そうだよね、真っ白になるよね」

鮎太は優しいのだ。金魚への愛で魚屋をあきらめた男だ。

百瀬は送り状を確認した。送り主は福《ふく》となっている。連絡先は不記載。

「差出人の福って人、心当たりはある？」

「いいえ……」

「福引きをやっていたのは女性だよね」

「はい」

「どんな感じの人？」

「さあ……顔も服も覚えてないです。福引きに気を取られてしまって」

「何時までやってたの？」

「いつのまにかいなくなっていて……ただ、ぽつんと残っていたんです」

「何が？」

「新井さんが作った抽選器」

「新井式廻転抽籤器？」

「はい」

「奇妙だね」

「よくよく見ると……いつも使ってるのとずいぶん似てるなあって」

「新井式廻転抽籤器は基本的に似た作りだよ」

「いやその……ぼく、金属プレートの文字とかは意識してないけど、倉庫から出し入れする時に傷つけちゃった木箱の傷や赤い塗りが剝げたところとか、そういうのは覚えているんです。全く同じところに傷があって」

「おたくの抽選器だったの？」

「はい」

「どこで保管してたの？」

「商店街共同の倉庫が近くにあって、履物屋の裏です。さっそくそこを確認したら、やはりなくて、同じ抽選器だとわかりました」

「倉庫に鍵をかけないの？」

「ぼくはかけたいんですけど、ほかの店の店主たち、歳とってるから、かけ忘れることが多くて。鍵をなくしちゃう人もいるし。だからもうかけないんです。昔から鍵なんて不要だったし。貴重品は置いてないから。夏祭りに使う旗とか、掃除道具くらいで」

「つまり」と百瀬は話を整理した。

「ひなた商店街の備品である抽選器がミステリーくじに使われたんだね」

「はい」

「ほかの店舗に確認した？　勝手に福引きを主催した店主とかいない？」

「聞いてみたけど、みんな知らないって。耳が遠くなっちゃってて、福引きがあったことも気づかなかったみたい。短時間だけやって、ぼくが当てたら引き上げたみたいです」

百瀬は相手の目的を考えた。もてあました猫を手放すため？　手放す方法はもっとほかにもあるだろう。単純に捨てるとか。

「手がかりはペットタクシーだね。どこの会社か覚えてる？」

「わかりません。気がついたらもういなくて」

鮎太は答えながら肩を落としてゆく。自分の迂闊《うかつ》さが身に染みて落ち込んでいるのだ。

「大丈夫。車の色でつきとめるから。黄色だったんだよね」

「はい、そうです……たぶん……黄色だと……なんだかさっきから……自分がバカに思えちゃって……記憶も自信なくなってきました」

「しかたないよ。こんなこと信じられないよね」

百瀬は脳内で検索エンジンをフル回転させたが、こういう類のペットトラブルは記憶にない。

ペットロスで悲しむ人に「生まれ変わりの猫ちゃんです」と言って保護猫を配って歩く女性がいたが、「保護猫に居場所を」という動物愛護の精神が根底にあった。

今回のように、動物が好きかどうかもわからぬ相手にいきなり送りつけるやり方は初めて聞く。喜んで飼い始める人っているのだろうか。

鮎太は金魚を愛するが故に精肉店に鞍替《くらが》えした男なので、猫を見捨てることはしないだろう……たぶん。

「猫はそんなに手がかからないよ。散歩も不要だし」と言ってみる。

「そうなんですか？」

「猫は苦手？」

「ぼくは別に」と鮎太が言いかけた時だ。

「苦手です！」と叫ぶ声がして、百瀬はびっくりして声のするほうを見た。割烹着《かっぽうぎ》を着たふくよかな若い女性が立っている。

「ぼくの奥さんです……」

鮎太は気弱そうに微笑《ほほえ》んだ。

妻はあきらかにイライラした顔をしており、「鮎くんがなかなか言い出さないから、しびれ切らしちゃった。みっちゃんの話なんかどうでもいいでしょ？」と夫を睨《にら》みつけた。そして百瀬に向かって「先生、あれ、引き取ってください」と言う。

「いや、ヨシコちゃん、先生にそんなことを頼むのはスジ違いだよ」

鮎太は遠慮がちにだが妻に反論を試みた。

「先生は弁護士さんなんだ。動物を引き取る職業じゃないんだ。ぼくが先生を呼んだのは、詐欺師に返品したいからだよ。ねえ先生、これって詐欺ですよね。福引き詐欺ですよね。詐欺師を見つけて話をつけてください」

「何言ってんの」とヨシコは遮った。

「詐欺師を捕まえるのは警察の仕事でしょ？　弁護士さんは困っている人を助けるのが仕事ですよね。うちが困っているのは、獣がここにいるという現実です」

「しかたないじゃないか、サインしちゃったんだし」

鮎太は果敢にも言い返す。

「一頭賞で不幸中の幸いだったとも言えるよ。これが二頭賞だったらと思うとさ、想像してごらんよ。ぞっとするでしょ。三頭賞だったら目も当てられないよ。猫が三匹ここにいるって想像してみて。一匹で良かったじゃない。それにほら、おとなしいし」

百瀬はほろりとした。さすが鮎太は金魚を愛した男だ。巻き毛の生き物をも愛そうとしている。

「嫌よ、一匹だって」とヨシコは反発し、ものすごい目つきで夫を睨む。

百瀬はひやりとした。まず夫婦の言い争いを止めるのが先決だ。

「とりあえずわたしがこれから動物病院に連れて行くよ」と言ってみる。

するとふたりは一瞬黙り、顔を見合わせた。ヨシコはにやりと笑い、鮎太もほっとしたような顔をしている。

百瀬はふたりを励ますように言葉を重ねてみる。

「ずっと寝てるというのも気になるし、まずは獣医に診せてみないとね」

「いいんですか？　先生」

鮎太は藁《わら》にもすがるような顔だ。

「送り主についても調べてみるよ」と百瀬は言った。

「詐欺罪で訴えたいです」と鮎太が意気込む。

「残念だけど、今の段階では詐欺には当たらないんだ。刑法二百四十六条に明記されているけど、詐欺っていうのは財物の詐取を意味する。つまり法的には経済犯罪で、騙して金品を奪ったり、経済的損失を与える行為を指すんだ。今回は、福引きで景品が当たった、しかし思ったのとは違っていたという事例だからね」

ヨシコは怒りに満ちた声で叫ぶ。

「わたしたちがクレーマーって言いたいんですか？　ガラポンやってこんなわけのわからない獣を押し付けられて、アリガトーバンザイってなるわけないじゃないですか！」

百瀬はうなずく。

「それはそう。ヨシコさんのおっしゃる通り。これは福引きという文化を利用した巧妙な手口とも言える。あなたたちがこの子を引き取って、獣医代や弁護士費用がかかったら、経済的損失を与えられたことになる。詐欺罪で告発するのはそれからだ」

するとヨシコはさらに大きな声を発した。

「えっ、獣医代、うちが払うんですか？　獣医に連れて行くと言ったのは百瀬先生なのに？　それに、弁護士費用って何ですか？」

鮎太はあわてて割って入った。

「ヨシコちゃん、百瀬先生に相談した時点で弁護士費用は覚悟しなくちゃ」

ヨシコはふくよかなお腹《なか》を突き出して鮎太を睨む。

「わたし妊婦よ。出産費用もかかるし、これから教育費だってかかる。百瀬先生が弁護士だから相談したんじゃない。昔お世話になった家庭教師のお兄さんに悩みを打ち明けた、ってことでしょう？　それにこんなわけのわからない生き物と暮らすなんて、あと一日だって嫌よ。これからわが子が生まれるっていう時に、どうしてよその命を引き受けないといけないわけ？　わたしとその獣とどっちが大事？　赤ちゃんいるのよ？　このお腹に！　わかってないのよ、先生も鮎くんもしょせん男だから。あー、やだやだ、男ってなんでこうなの？　どうしても飼うっていうんだったらわたし実家に」

「待って！」

百瀬は遮った。人が話している最中に分け入るという行為は百瀬史上初めてかもしれない。聞きたくないのだ。「実家に帰ります」という文言ほど恐ろしいものはない。たとえよその夫婦であっても、この言葉を聞くのは嫌だ。

百瀬は観念した。

「わたしがこの子をもらいます」

「えっ、ほんとに？」ふたりは同時に叫んだ。

百瀬はふたりを交互に見つめた。

「鮎太くん、景品をわたしに譲ってくれるかな。家庭教師をやっていたよしみで」

ふたりは顔を見合わせ、百瀬の言葉の意味を考えた。お荷物がなくなる上、よしみならば、弁護士相談料もかからない。ふたりにとって美味《おい》しい提案である。美味しすぎてよだれが出そうだ。

鮎太がおもむろに口を開く。

「もちろん……でも……いいんですか？」

百瀬は心優しき元教え子を励ましたかった。

「うん、この子は引き受けた。それより赤ちゃん、いつ生まれるの？　もうすぐかな？　楽しみだね」

ヨシコは満面の笑みを浮かべた。

「今八ヵ月です。あー、ほっとしました。やっぱ正義の味方、百瀬先生だね。やったあ」

百瀬は微笑んだ。

「実家に帰るなんて言わないで、夫婦仲よくね」

すると鮎太は申し訳なさそうに言う。

「先生、ヨシコちゃんは団子屋の娘です。実家はすぐそこ」

「えっ」

「あの頃はまだ小さかったから先生に勉強を見てもらったことはないけど」

「そうなんだ……」

「ヨシコちゃん、毎日実家へ帰ってますよ。昼ごはん食べに」

「そ、そうなの？」

ヨシコは肩をすくめてえへへと笑う。

はめられた、と百瀬は思った。これこそ「実家へ帰る詐欺」ではないか。獣医代を持たされ、弁護士相談料も入らず、経済的損失を被《こうむ》ってしまった。

それでも百瀬は安堵《あんど》していた。鮎太の妻はしっかりものだ。優しい男にぴったりのパートナーだ。ひなた商店街の未来を担う若夫婦が円満ならば損失などないな、と思う。

「おいしいコロッケごちそうさま。猫はいただいていくよ」


亜子は五十代女性のお試し相談に応じるため七番室に入った。

「お待たせしました」と言って着席し、笑顔で相談者を見る。

その途端、はてなマークが頭に浮かび、次の言葉が出てこない。

「？　？　？　？」

声を掛けようにも、脳ははてなに占領されてゆく。

五十代女性は満面の笑みを浮かべた。

「びっくりした？」

「ど……どうしたんですか？　七重《ななえ》さん」

やっと声を出せた。

そう、目の前に座っているのは仁科《にしな》七重。百瀬法律事務所の事務員である。

亜子は即座に七重情報を脳内で検索した。

夫がいて、三人の息子を育て、ひとりは小学生の時に事故で亡くしたが、ふたりは健在。そういえば夫への愚痴は聞いたことがない。七重はおしゃべりだが、自分の家庭のことは積極的にはしゃべらない。三男を交通事故で亡くしたというショッキングな過去があるからだろうか。

七重は「お試し相談は三十分なんですって？　さっそく本題に入るわね」と言うが、亜子は首を横に振る。

「水臭いです。七重さんのお話でしたらいつでもお聞きします。だっていつもわたしの愚痴を聞いてもらってるじゃないですか。うちで言いにくかったら喫茶店でも。息子さんの縁談ですか？　長男さんはおいくつでしたっけ」

「長男は三十になりました。調理師なんですよ」

「素敵ですね。レストランで働いてるんですか？」

「広告代理店勤務です」

「え？」

「空まで届くようなビルですよ。広告くらいでなんであんなに儲かるんですかね。あやしい会社ですよ。でもうちの息子は悪いことはしていません。そこの社員食堂で働いています。経済的に安定してます。百瀬先生より稼いでいますよ」

「それはたのもしいですね。お相手ならすぐに見つかりますよ」

「もうつれあいがいます。その会社の社員さんです。ふたりで東京タワーが見えるマンションで暮らしていますよ」

「わぁ、かっこいいですね。いいなあ。じゃあ、次男さんですか？」

「あの子はねえ、転職を繰り返しているんですよ、転職と言ってもバイトの転職ですよ。

自分探しを真剣にやってるんだとか言ってますけどね、まあ、そういうことにしておきましょう。まだうちにいて、結婚なんてとうてい無理ですよ。いいんです、どちらも生きている、それだけでじゅうぶんです」

「息子さんたちの相談ではないと。まさか……七重さんの？」

「わたしは夫に満足していますよ。郵便配達という職業が気に入っています。手紙を届けてお給料をもらう。目に見えるはっきりとした仕事です。世の中って何してるかわからない職業があふれてるじゃないですか。広告の代理なんてピンときませんよ。弁護士だって何をしているんだか。百瀬先生なんて収入は山あり谷ありだし」

「山はないかも……谷しかないかも」

「そう、それですよ。弁護士って響きがかっこいいから事務所に入ったんですけど、百瀬先生はいったい何をやってるんだろうって、時々不安になりますよ。今日もね、依頼人のところへ行ってますけど、猫連れて帰るんじゃないかって、睨んでいます。ボスがでかけるたびに猫を持ち帰る不安がある職場って、法律事務所って言えるんですかね？　事務員のわたしがやってることといったら、猫のお世話ですからね。それだって晴人《はると》くんのほうが上手なんです」

「晴人くんって、事務所の二階に住んでいる？」

ペットホテルたてこもり犯で執行猶予中の青年だ。

「ええ、そうです。あの子は妙に動物に好かれるんですよ。今は日中まこと先生のところでアルバイトしてるんです。まこと先生の紹介で通信制のなんとかってコースにも入ったとか」

「動物看護師かな」

「そうそれですよ。晴人くん、やりたいことを見つけたみたいで」

亜子はだんだんわかってきた。七重の目的はおしゃべりだと。

「続きはうちで話しませんか？　時間を気にしないで話せますから」

すると七重は「まだ十五分もあるじゃないですか」と言って身を乗り出す。

「結婚式を挙げたいんです。たいそう立派なやつです」

「えっ」

本題に入った途端、七重はアクセル全開でまくしたてる。

「質素なのはいけません。いまどきの内輪でとか嫌いです。ちゃんとした式場を予約してください。派手にしたいわけじゃありません。天井に届くようなハリボテのケーキは要りません。ゴンドラから夫婦が降りてくるなんてバカげた演出も要りません。ただもう、ちゃんとした、当たり前のお式を挙げたいんです」

「七重さん、式を挙げてないんですか？」

「百瀬亜子さん、あなたのですよ」

「えっ、わたし？」

「あと十二分ですね。とにかく今すぐ予約しましょう、式場。亜子さんは式場に詳しいでしょ。ほら、前に予約していたとこはどうですか？　満月館でしたっけ」

「三日月館《みかづきかん》です。あの、でも、ご存じですよね。百瀬さんのおかあさんが……」

亜子は言葉を探した。金沢《かなざわ》の刑務所に収監されている百瀬の母シュガー・ベネット。日本名は百瀬翠《みどり》。彼女が出所するのを待って式を挙げることになっている。七重も承知していたはずだ。刑期は三年で、出所まであと一年半もある。亜子はここで「出所」という言葉を使いたくなかった。

「おかあさんが金沢から戻られてからということになっていますよね」

すると七重は興奮気味に、でも声をひそめてささやいた。

「仮釈放が決まりそうなんです」

亜子はハッと息を吸い込んだ。

仮釈放？

亜子の脳裏に過去の法廷の情景が浮かんだ。世間で「魔女裁判」と騒がれた強制起訴裁判。被告人は国際スパイ。重々しく張り詰めた空気の中、固唾を飲んで判決を待つ傍聴人たち。そこへ裁判長の言葉が鉈《なた》のように振り下ろされた。

「主文、被告人を懲役三年に処する」

亜子はその時ぐさりときた。この時の鉈の重みは今も忘れられない。

百瀬の母が刑に服する。

皮肉なことに、それを誰よりも望んだのは息子である百瀬なのだ。

亜子はこの時、自分の半生がいかに平凡で安らかだったかを思い知った。そして自分が愛した男がどれだけの苦悩をくぐり抜けてそこに立っているのかを痛感した。

異なった環境で育ったふたりが夫婦になれるのだろうか。不安があったし、実際一緒に暮らし始めてからは日々驚くことの連続で、彼の行動にびっくりしたり、ハラハラしたり、がっかりしたり。彼の人間性には一点の曇りもなく、むしろなさすぎて、こちらが合わせて生きるのは至難の業だと感じる日々だ。

「一分でも早く伝えたかったの。妻の亜子さんにね」

意気込む七重の言葉に、亜子の頭は七番室に引き戻された。

「ありがとうございます。でも七重さん、どうしてそれを？　誰から聞いたんですか？」

「百瀬さんから？　わたしには何も……」

「本人からですよ」

「違いますよ、おかあさんにですよ」

「おかあさん？」

「お砂糖みたいな名前の、シュガー……ベネトン？　トントン？　カタカナは苦手なんでね、わたしは太郎ママって呼んでます。あの人母親の自覚が欠けてるんじゃないかと思って。ママって呼んで、刷り込みたいんですよ、あなたは太郎のママでしょって」

亜子は再び言葉を失った。なんてことを。

七重はかまわず話を続ける。

「亜子さんは手紙でやりとりしているでしょ。わたしは文章を考えるのがめんどくさいので、言いたいことがあると会いに行くんですよ」

亜子はふと「めんどくさい」の定義に疑問を持った。手紙を書くより金沢へ行く方がよほど「めんどくさい」のではないだろうか。

七重はしゃべり続ける。

「初めての時は夫の運転で片道六時間かかったんです。夫婦でヘトヘトになりましたよ。二回目からは夜行バスを使っています。これなら一人で行けますからね。夜ご飯食べてからのんびり家を出て、新宿のバスターミナルで夜行バスに乗って即寝るでしょ。朝起きたら着いています。楽ちんですよ」

「七重さん……」

亜子は百瀬の母に会いに行ったことはない。法廷で見かけただけで、挨拶もしていない。会う時は百瀬と一緒に、と思っていた。「ぼくの婚約者です」と紹介されるのが夢だった。そうこうするうちに妻になってしまった。

百瀬の母は世界有数の数学者であり、国際スパイでもあるので、普通の常識では測れないとは思うものの、息子の婚約者との初対面が刑務所というのは「さすがに嫌なのではないか」と気遣う気持ちがあった。

正直言うと、怖くもあった。女ならば誰しも好きな人の母親の存在は重たいものだ。「こんな平凡な娘がうちの息子と?」とがっかりされるのではないか。

亜子は自分があまりにも「普通過ぎる」というコンプレックスを持っている。そんなこんなでとうとう挨拶をしそびれたまま籍を入れてしまった。気遣いすぎて逆に失礼になったかもと、そのことが気がかりだった。

亜子は今、打ちのめされている。七重の行動力に打ちのめされている。「言いたいことがあると会いに行く」だなんて。

なんてまっすぐで、ずうずうしくて、すがすがしいのだろう！

七重のように思いのまま振る舞えたら、どんなに楽か。相手だってきっと楽だ。

「面会って予約ができないんですよ」と七重は愚痴る。

「でもまあたいがいそう待たされずに会えるんです。だってほら、塀に囲まれていますから、今ちょっと外出中なんてことはないわけですよ」

「なるほど」

「ところがです、最近二度も待たされたんです。どうしてかっていうと、仮釈放に向けた、えーと何でしたっけね、ああいう決定は偉い人たちが相談して決めるみたいで、太郎ママはそういう人たちと何度も面会して、いろいろと確認されるって言ってました」

「そうなんですか」

「でも太郎ママったら、乗り気じゃないって言うんですよ」

「どうしてですか？」

「刑務所は睡眠をじゅうぶんとれて快適だとか、美容師の技術を学ぶ訓練ですか、それを受けていて、楽しいし、なーんて言うんです。模範囚すぎたようだ、ちょこっと問題でも起こそうかしらん、なーんて言うもんだから」

亜子はクスッと笑った。さすがアメリカで生きてきた人だ、ウィットに富んでいる。ところが大和撫子《やまとなでしこ》の七重には通じない。

「わたしは怒りました。楽しいからここにいたいって？　どこまで息子に迷惑かけたら気が済むんですか！　とっとと出所して、結婚式を挙げさせておやんなさいと言ってやりました」

「七重さん……」

亜子はため息をつく。アメリカ式ウィットは通じない。それが七重だ。

「当たり前のことを言ったまでですよ。太郎ママの心に刺さったはずです。これ、百瀬先生には内緒ですよ。こっそり野呂《のろ》さんに聞いてみたんですけど、刑期の三分の一が過ぎると、仮釈放の……相談？」

「審査ですか」

「そうそれが始まるのが普通で、模範囚ならば本人が望めば出てこられるだろうって。でも彼女の場合は身元引受人がネックになるらしくて」

「どういうことですか」

「親族は百瀬先生だけだし、百瀬先生はあの裁判で三年を求刑した立場だから、仮釈放には賛成しないだろうし、身元引受人にならないだろうって」

亜子の心はしん、とした。

百瀬は裁判で母親を断罪した。亜子はショックだったし、理解できなかったが、弁護士仲間の沢村透明《さわむらすけあき》が次のように言っていた。

三年間刑務所に入れることで、国際的犯罪組織から女スパイの命を守ったのだと。

百瀬は母を断罪することで母の命を三年守った、ということになる。

亜子はそれを聞いて百瀬らしいと思ったし、父の「おかあさんを待とう」という意見に従って式場をキャンセルし、三年待つ覚悟をした。

ところがあの時「挙げるべきですよ！」とひとり怒ったのは七重だ。

「式にはおかあさんに出てもらわなくちゃ、ですって？　男ってのはなんて融通がきかない生き物でしょう！　式はとっとと挙げて、おかあさんが出所したらまた挙げればいいんですよ。結婚生活なんて女にとってそうそう楽しいものじゃないんです。式くらいですよ、女が主役で過ごせる日って。だから式はね、何度でも挙げればいいんです」

七重が怒ってくれたのがうれしかった。あの時、亜子は式を挙げたかった。衣装合わせも招待状の準備も済んでいたのだ。花嫁衣装を着たかった。若い女にとっての三年は気の遠くなるほど向こうにある未来であり、あるかないかもわからぬ世界なのだ。

しかし百瀬の生い立ちを思うと、そんなお花畑的感情を口にすることはできなかった。

七重はにやりと笑う。

「わたしが身元引受人になると、申し出たんですよ」

「七重さんが？」

いくらなんでもそんなの無理に決まっている、と亜子は思う。

「いったい誰に申し出たんですか？」

「もちろん太郎ママにですよ。わたしを引受人にして、さっさと出てきなさいと。お偉いさんに仁科七重という名前を伝えて、仮釈放の申請をしなさいと。わたしは前科がありません。万引きをしたこともないし、信号無視をしたこともないですよ。自動車免許なんて持ってないですしね。お偉いさんがわたしを調べたってこれっぽっちもボロは出てきません。身元引受人の資格はじゅうぶんありますと言っておきました」

「そしたらおかあさんは何て？」

「ありがとう、助かりますって言いましたよ。おそらく一ヵ月で釈放されます」

「ええっ」

「だから一ヵ月後を予約するんです、出所したらすぐに式を挙げてしまうんです。百瀬先生に相談する必要はありません。内緒にするんです。野呂さんにも言うなと言っておきました。あらもう三分過ぎちゃいました。ほら満月館に電話して！　キャンセル待ちでもなんでもいいから空いてる日を予約して！　そうだ、仏滅が狙い目ですよ。ほら早く！」

亜子は混乱した。父や百瀬の思いを無視してよいのか？　理性的に考えようとすると、頭の中に白い羽を背につけた天使がぽっと現れ、囁《ささや》いた。

「だめよ。男の気持ちなんか考えちゃ。今までさんざん譲ってきたじゃない。譲っていいことあった？　今回は七重さんに従うのよ。自分の心を優先して進むの。いい？　自分ファースト！　ＧＯ！」

亜子はオフにしていたプライベートのスマホを起動し、「早く早く」とせかす七重の前で電話をかける。

「三日月館さんですか？　式場を予約したいんです。一ヵ月後で一番早い日に。仏滅でもかまいません」

頭のすみの天使がにやりとした。口元には牙が見える。ひょっとして悪魔？

「空いてます？　予約します！　打ち合わせ？　今晩伺います」

亜子は名前を言って、以前キャンセルしたことがあり、その時の担当者は九《いちじく》さんで、衣装合わせは済んでいる旨を伝えて電話を切った。

心臓がバクバクしている。

やってしまった。やりたいようにやってしまった。理性を封印して感情で動いた。すぐにむくむくと不安な気分が頭をもたげ始める。夫である百瀬に確認もせずに進めてしまってよいものだろうか。

「後悔禁止！」と七重は決めつけた。

「女が突き進めば、男はたいていついてきますよ」

七重はにっこり笑って七番室を出て行った。

「この強い巻き毛はおそらくセルカーク・レックスだな」と柳まことは言った。

百瀬太郎はきょとんとした。

「猫じゃないのか……」

「猫だよ、(ばーか)」

括弧で閉じた部分は口パクで言った。まことはそもそも口が悪いが、親しくなればなるほど無遠慮になる癖《へき》があり、百瀬にはこの程度だが、夫に対してはもっと酷《ひど》い。ここには書けないほどの悪態をつく。罵詈雑言《ばりぞうごん》と言っていい。が、顔は笑っているし、まこと流の愛のささやきなのである。

「猫弁のくせに知らないのか？　猫の種のひとつ。セルカーク・レックス」

ここは世田谷にあるまこと動物病院である。一階が診療室、二階が手術室、三階が入院施設兼院長のまことのプライベートスペースになっている。

その三階の入院用ケージの中に、体の大きな猫がいる。雑巾を煮染《にし》めたような色で、パンチパーマのような強い巻き毛が特徴だ。今は眠そうな目をしてドライフードをかりかりかりりと食べている。

ノハラ精肉店の二階で猫を引き受けることにした百瀬はまずまことにショートメールを

送った。「診てほしい猫がいる、今から連れて行ってもいいですか」と。

するとと往診先にいたまことは病院に戻る途中、白いバンでひなた商店街に寄り、百瀬と猫を拾ってくれたのだ。

百瀬法律事務所の二階の住人・鈴木《すずき》晴人も同乗していた。執行猶予中の晴人は、人との会話が苦手だが、動物とは心が通じるらしく、イキイキとしていた。「晴人がいてくれて助かる」とまことは言い、晴人は笑顔を見せないものの、その横顔は誇らしそうで、百瀬はうれしかった。

ひととおりの診察は終わっている。

触診やX線では異常が見つからず、今は血液検査の結果待ちだ。まこと動物病院には最先端の検査機器が揃《そろ》っているので、よほどの難病でない限り院内で検査ができ、結果も即日わかる。

「あと三十分で結果が出るぞ」とまことは言う。晴人が一階の検査器の前で結果が出るのを待ってくれている。

百瀬は感心した。

「早いですね。助かります。それにしても、来るたびに機器が増えていますね」

まことは当然だというふうに、ふふん、と鼻を鳴らした。

「うちはおたくとは違って身寄りのない動物をただで引き取ったりしない。医療行為にはきっちり料金を請求する。医療ってのは知識も機器もどんどん上書きしていかないといけない分野だ。それにはまず資金がないと」

「なるほど」

「感心してていい立場？　六法だって改正されるんでしょ？」

「ええ、法律は毎年改正されます。六法全書も毎年出版され、そのたびに購入していますす」

「電子で買うんだろ？」

「いいえ、単行本を購入すると特典として電子版が閲覧可能になる、というしくみなんです」

「医療機器ほどじゃないにしろ、そっちだって金はかかるだろう？　弁護士会費だってなかなかじゃないか。事務所の維持費もだしな。おたくも結婚したんだから家族の将来も見据えないとね。子どもの教育費とか考えてる？」

「子ども？」

「出産費用、教育費用、もろもろ試算すると……子どもは今や贅沢品《ぜいたくひん》だぞ。うちの旦那は長距離トラック運転手で結構稼ぎはあるんだけど、彼、田舎のばーさんに仕送りしてるんだ。まあ仕事柄旦那はほとんどうちにいないし、酒もギャンブルもやらないから維持費はかからないんだけど」

「維持費って？」

「夫の維持費だよ。金のかからない夫だってこと。でも彼の育休中は稼ぎがなくなるからな……ばーさんへの仕送りはわたしがなんとかしなくちゃ」

「育休？　まこと先生の旦那さん、育休を取るの？」

まことはぎょっとしたような目で百瀬を見た。

「今、何て言った？」

百瀬はびくっとした。

「もう一度言ってみな」

まことに問い詰められ、百瀬はおそるおそる自分の言葉を反芻《はんすう》してみる。

「いくきゅう……まこと先生の……旦那さんが……」

「男がとっちゃいけないか？」

「いやその、男が女がってことじゃなくて……子どもって授かりものだし……今から心配しなくても」

「ストップ！」とまことは言った。

「あんたまさか」

まことは百瀬に詰め寄り、鋭い視線で百瀬を睨む。百瀬はまことが美人だと今初めて気づいた。切れ長の目が美しすぎて恐ろしい。

「わたし八ヵ月なんだけど」

「えっ」

百瀬は心底びっくりして後ずさり、まことの全身を見た。いつも通りの白衣。その下は妙にゆったりした服……腹部はかなり……。でかい！　かなりでかい！　ふくらんでいる！　気づかなかったのが不思議なくらい、明確に妊婦だ。

柳まことがおかあさんになった？　そのお腹の中に新しい命が？

「お……」

百瀬はびびってしまった。身近な人が母になる。百瀬はまことを女性として見ることすらなかったので、余計に驚いた。あまりにも神秘的で恐ろしく……そう、恐れ多いという意味での恐ろしさがあった。でも「恐ろしい」と言ってはいけないと、それくらいの判断力は残っていたし、ぎりぎりで踏みとどまった。

「お……めでとうございます」

言いながら百瀬はなんだかひれ伏したい気持ちになった。

まことは呆れ返っている。

「いつ気づくかなと思ってたけど、全然口にしないから、プライベートに口を出さない主義なのかと思ったよ。さすが弁護士、コンプライアンス遵守だなと感心していたけど、まさかまさかの、気づいてなかったとは！」

まことははっはっはっと豪快に笑った。腹を抱えて笑う、という表現がぴったりの笑い方で、百瀬は「お腹の子は大丈夫だろうか」と心配になった。

「まこと先生が……おかあさんになる……」

百瀬はまことの腹部から目が離せない。

「あのー、お腹、大き過ぎませんか。今にも産まれそうな」

まことはにやりと笑う。

「双子なんだよ。おまけに高齢出産だ」

「……なるほど」

「犬猫はいっぺんに四、五匹産むし、双子くらいでびびってられないよ。あっ、きた！」

まことはいきなり百瀬の手首をつかみ、自分の腹に当てた。

ぼこんというううねりが百瀬のてのひらに伝わる。

新しい命の躍動だ。そう感じた途端、つーっと鼻水が垂れる。

百瀬は保護した猫を里親に渡す時、たびたびこうして鼻水を垂らす。それをいつもまことは「鼻から涙だな」と笑う。しかし今は笑わない。

「蹴ったよな？」とまことは神妙に言い、「蹴られました」と百瀬も神妙に言った。

「いるんだ、ここに。四六時中自分以外の命と一緒なんだ」

まことはしんみりとした顔でぽつりと言った。うれしいとか、うっとうしいとか、そういう意味づけはせず、現状を真摯に受け止めている、そんな風に見える。恐ろしい、恐れ多いという思いはまことも同じなのだと、百瀬はしずかに理解した。

「失礼します」

晴人がセルカーク・レックスの血液検査の結果を知らせに来た。

まことはタブレットのデータに目を通す。

「これといって悪いところはないな。数値はいいし、歯もきれいだから、おそらく歳は若いと思う。その肉屋の二階で一日中飲まず食わずで眠っていたのは、推測だけど、薬で眠らされていたんじゃないかな」

件《くだん》の猫はさきほどからぼんやりとした目で百瀬を見ている。目の色はぶどうの実のようなモスグリーンだ。じっとこちらを見ている。行く末が不安なのだろうか。その強い巻き毛、不安そうな丸い目を見ていると、百瀬は自分を見ているような気がした。

まことはケージの扉を開き、虫眼鏡のような形の機器をセルカーク・レックスの体に近づけた。

「マイクロチップが埋め込まれてるぞ」

「じゃあ持ち主がわかりますね」

まことはリーダーで識別番号を読み取ると、パソコンを開き、日本獣医師会が管理しているサイトにアクセスした。識別番号に登録されている内容は個人情報なので、一般人はアクセスできない。警察や保健所や動物愛護センターおよび加盟している動物病院でしか照合できない。

まことは「ん？」と眉根を寄せる。

「国番号が日本じゃないぞ」

「えっ」

「フランスだ。これ読めるか?」

モニターを覗くと、フランス語が並んでいる。マイクロチップは世界共通なので、識別番号からフランスでの登録内容にたどりつけたのだ。

百瀬はフランス語を読み取ってゆく。

「飼い主の名前はマリー? いや、モリーかな」

百瀬は七歳までアメリカで育ったため、英語は母国語のように話せるが、フランス語は読み取れるだけで、発音は自信がない。

「モリー・ミツさん。住所はパリの……田舎の方かな? 電話番号もメールアドレスも載っています。この猫は雄で、生年月日からすると、二歳です。診断どおり若いですね。ほんとだ、セルカーク・レックス、純血種とあります。まこと先生の見立て通りだ」

まことは「飼い主はフランスにいるのかな」と首を傾《かし》げた。

「モリー・ミツってのは飼い主ではなく、ブリーダーかもしれないよな。飼い主だとしても、手に入れた時に登録したままで、すでに引っ越したり、人に譲ったりしているかもしれない。登録内容を変更していない場合が結構あるんだ。だからこの情報は過去のものかもしれない」

「ええ、でも手がかりにはなりますよ」と百瀬は言う。

「まだ二歳ですから、持ち主が替わったとしても、そう大人数ではないでしょう。たどりつける確率は高いです」

うん、とまことは頷《うなず》く。

「フランス人でモリーっていう名前だと、男女どちら？」

「フランスはこういった公式書類に記載する場合、日本と同じく苗字のあとに名前なんですよ。モリーはおそらく苗字。ミツは……どうだろ？　フランスは人種のるつぼだから、フランス人とは限らないし」

「とにかく」とまことは言う。

「モリー・ミツはパリでこの猫を飼っていた。日本に連れてくる時に睡眠薬を飲ませた可能性があるな」

「ですね」と百瀬は同意する。

「飛行時間は約十三時間です。その間、落ち着かせるために服用させたのかもしれません」

　まことは舌打ちをした。

「獣医が睡眠薬や鎮静剤を投与する場合は対象動物の体重や年齢を慎重に見極めて量を決めるんだ。でもこういった薬は素人でも手に入るから、多めに飲ませた可能性がある。過剰摂取で命を落とす場合もある。こいつは運良く目覚めたけど……危なかったかも」

　百瀬はパソコンのモニターを再度覗いた。

「猫の名はbonne chanceと書いてあります」

「ボンシャンス？」

「幸運を、という意味です」

「運が良ければ日本で目覚めろってか？　ひどいやつだ、モリー・ミツ。過剰摂取させた上、福引きで他人に送りつけるなんて」

百瀬は慎重だ。

「モリーさんが飲ませたとは限りませんし、かりに飲ませたとしても、過剰に飲ませたつもりはないかもしれません」

まことは首をすくめる。

「ま、いいや。とにかくうちには置けないよ」

「もちろんです、わたしが引き取ります」

「ちょっと待った！」

まことは首を横に振る。

「あんたの幽霊屋敷は限界だぞ、猫が多過ぎる」

「もう幽霊屋敷ではありません。事務所です。リフォームは完璧です」

「ごめん、おたくの事務所、元幽霊屋敷のおたくの事務所ね、晴人、あんたのうちだな」

さっきからずっと黙っていた晴人はうなずいたあと、「居候です」と付け足した。

「今十七匹でしょ。多すぎるから里親募集している最中だ。そこにこいつまで……やめておけ」

「ぼくなら平気ですけど」と晴人は言った。

ずいぶんしゃべれるようになったと百瀬は感心する。ぶっきらぼうなまことと相性がいいのかもしれない。

「人間がよくても猫にとってだめなんだ」とまことは言う。

百瀬は「では、自宅で引き取ります」と言った。

「おたく、広さは？」

「五十坪の庭に三十七坪の平屋です」

「ずいぶん贅沢じゃないか。家賃払えているのか」

「ええ、破格の安さなんです。財産管理を任されているご婦人の持ち家で、今は多摩《たま》の山間部にお住まいなので、お留守の間だけ使わせていただいているんです」

「それだけ広くて猫はてぬきしかいないなら、まあ大丈夫だろう」

「てぬきではなく、テヌーです」

「あ、でもちゃんと奥さんの許可を取ってからにしないと」

「え？」

「亜子ちゃんに許可を取ってからにしないと」

「許可がいるんですか？」

「はあ？　猫弁、あんた亭主関白なの？」

「許可を取らずに猫を持ち帰ると亭主関白になるんですか？」

「なんだよ、ほんとに鈍いねえ」

「はあ」

百瀬は不思議でならない。

自宅のカーテンや食器や家具、家電製品もすべて、亜子と亜子の両親によって調えられた。「カーテンの色はこれでいいですか」と聞かれたことはないし、百瀬が長年使っていた二槽式洗濯機も「捨ててもいいですか」と聞かれぬままに消えた。亜子は百瀬の下着を断りもなく洗濯するし、亜子の下着を百瀬が断りなく洗濯すると怒る。

百瀬は不思議でならない。

許可が必要なことと、不要なことの区別がつかない。亜子の行動から推しはかろうにも、彼女の行動自体が（百瀬からすると）矛盾に満ちている。

亜子という不思議と暮らす百瀬にとって、大福家は家庭の教科書である。亜子の父徹二《てつじ》と亜子の母敏恵《としえ》は家族会議を開いているふうではない。言ってみれば「あうん」でことが足りているようなのだ。

家族というものはいちいち許可を取らずに、察したり、時にはぶつかりあったりして、徐々にあうんの呼吸を会得するものなのかな、と思い始めている。

実際、亜子に「手に触れてもいいですか」と尋ねたら、「いちいち許可を取るものではありません」とぴしゃりと言い返されたことがある。

とはいえ、外泊は許可を取らねばならない。ややこしい。

猫を持ち帰る時は許可を取れとまことは言うが、彼女が一般女性の感覚を持っているとは言い難い。

亜子にもらった夫婦手帳。そこに記載されている禁忌事項に抵触してはいけない。それは確かだ。抵触しなければ、断る必要がない。と思ったら、怒られたりもする。また、断りを入れたら叱られる場合もある。ややこしいことこのうえない。

百瀬にとっては司法試験より難しい。それが結婚生活である。

百瀬はまことに話してみることにした。

「大福さんのお友達の春美《はるみ》さんの配偶者は外交官で、ミャンマーの日本大使館に赴任中なのですが」

まことはあれっという顔をしたが、「うん、それで？」と話を促す。

「日本に一時帰国した時、バラの花束を抱えて帰宅したというんです」

「キザだな」

「春美さんに子育てを任せきりにしてごめんなさい、いつもありがとうという感謝のバラだったらしいのですが、春美さんはイラッとしたそうです。育児が大変だとわかっているのなら、途中で花なんか買わずに成田《なりた》から直行して子どもをお風呂に入れてくれって」

「気持ちはわかる」

まことは春美のいいぶんに理解を示したが、百瀬は首を傾げる。

「でも、大福さんは、春美さんがおかしいと言うんです。夫からのサプライズはうれしいものなのにって」

まことはほーう、と言い、面白そうに目を輝かせた。

「亜子ちゃんはサプライズが好きなタイプかもな。乙女だから。で、この猫がサプライズになると思ったわけ?」

「はあ……いえその、まあ……」

まことは信じられない、というふうに肩をすくめた。

「言っとくが、猫はバラではない。しかも猫弁、あんたが購入した猫でもない。いくらバラでも落ちてたものを拾って渡されたら、亜子ちゃんだって気を悪くする。ましてや猫だ。肉屋の店主が放り出した猫だろ。サプライズにはならないから、一応、メールで事前に伝えたほうがいい。ん?　なんだその顔は。信じてないな?　これは絶対だ」

「わかりました」

「それより、まだ大福さんなの?」

「え?」

「入籍したのに、苗字で呼んでいるの?」

「あっ、わたし、大福さんって言ってました?」

「言ってた」まことと晴人がハモった。

「いつから?」

「冒頭から」

「あー、失敗。禁忌事項なんです。入籍してからは亜子さんと呼ぶことになっているんですけど」

「つい大福さんと言ってしまう？」

「ええ、大福まで発音して、このままだと罰金になるので、亜子さんと付け足します」

「じゃあ家では毎日大福亜子さんとフルネームで呼んでいるんだ」

「ええ、まあ、結果的に」

まことははっはっはと豪快に笑った。

晴人もくすくす笑っている。晴人が笑ったのが百瀬はうれしい。

七キロもあるセルカーク・レックスを晴人は慣れたように持ち上げると、キャリーに入れた。

まことは言う。

「ペットトラブルは相変わらずあちこちであるけど、福引きの景品として送りつけるというのは、聞いたことがないな」

「ですよね」

「目的がわからない。命を景品にするなと言いたいところだが……。じゃあ金魚掬いは？　釣り堀は？　魚類はよくて、犬猫はだめというのも人間のエゴだしな」

「そうなんです。線引きが難しいですね。今回は商店街のレシートで参加できる福引きだから、なおさら罪を問いにくいんです。事前にくじを販売するなどの行為があれば、刑法第百八十七条、いわゆる富くじ法にひっかかるんですけど」

「しかしこんなことがあちこちで起こったら面倒だ。似たようなことが耳に入ったらすぐに連絡する」

「はい、わたしはまずモリー・ミッさんと連絡を取ってみます」

「よろしく」

「なあ」という声がした。

百瀬とまことはハッとしてキャリーを見る。のぞき窓からこちらを見上げるぶどう色の丸い目と視線が合った。

百瀬はしゃがんで猫に話しかけた。

「大丈夫だから。今からうちに行こうな」

猫は理解したのか、なあ、なあ、とささやく。体はデカいが声は小さい。全体におっとりとしている。飼いやすい猫だ、と百瀬は思った。そしてその考えをすぐに打ち消す。

長い年月、猫の引き取り手を探す活動をしていると、つい、「里親にとって都合のいい猫か、そうでないか」という目で見てしまう自分がいて、それが嫌でたまらない。

この子はこの子だ。人間の都合でこの子を見るのはよそう。

まことはしみじみと語る。

「セルカーク・レックスは奇跡の猫と言われているんだ」

「奇跡の猫？」

「一九八七年、アメリカのモンタナ州の動物保護施設に強い巻き毛の子猫がいた」

「保護施設に？　巻き毛の子猫が？」

「ああ。その子の巻き毛に目をつけたブリーダーがいて、その子を引き取って、ほかの種と交配し、セルカーク・レックスという新たな種を作り上げたんだ。保護施設にいた猫だから、殺処分されていたら、セルカーク・レックスはこの世に存在していない。だから奇跡の猫と呼ばれている」

「巻き毛のおかげで生き延びたんですね」

「そうだ」

「商品になりそうだから、生き延びたんだ」

「そうだ」

おそらく突然変異だった巻き毛。それを愛玩動物として利になると考えたブリーダー。人間の都合で奇跡的に生き延びた猫の末裔《まつえい》だと思うと、百瀬の心はしん、とする。

レックスというのは巻き毛の種によく使われる名だ。

「セルカークとはどういう意味ですか？」

「ブリーダーの父親の名前という説もあるけど、隣のワイオミング州にセルカーク山脈があるから、ひょっとしたら、その山で保護された子猫かもしれない。その説を推して、ヤマネコの血が混じっている可能性もあるという学者もいる。新種だし、まだわかっていないことが多いんだ」

百瀬はこの猫の祖先である「保護施設にいた子猫」に思いを馳《は》せた。くるくるの巻き毛。不安そうな丸い目が眼《め》に浮かぶ。

青い鳥《あおいとり》こども園《えん》にあずけられた自分の姿と重なった。

母はいる。父は存否すら不明だ。自分もまだわかっていないことが多い。

百瀬はキャリーを持ち、まこと動物病院を出る。ずっしりと重い。七キロの重みに生命力のたのもしさを感じる。

不安なのだろう、なあ、なあと、ささやき始めた。叫ぶことはせず、遠慮がちにささやき続ける。雑踏の音にかき消されてしまう声だ。

どうなるの？　ぼくどうなるの？　そんなふうに聞こえる。

百瀬も七歳の時にそう頭の中で問い続けた。

どうなるの？　ぼくどうなるの？

でもそれに答えてくれる大人はいなかった。

百瀬は心の中で語りかける。

bonne chance《ボンシャンス》、君は幸運にも弁護士を味方につけた。居場所はきっとある。そこで君を待っている人がいる。一緒に見つけよう。そしてそこへ行こう。

猫に、そして七歳の自分に語り続ける。

大丈夫だから、きっとあるから。

第二章　おじいさんと犬

喫茶エデンでウエイターの梶佑介《かじゆうすけ》はグラスを磨きながら世を憂えている。

午前十一時。客は四人しかいない。少な過ぎないか？

さきほどから熱心に磨いているのはプリンアラモード用のグラスで、舟のような形をしており、汚れてはいない。何年も使っていない。なのに磨いている。客がこちらを見て、プリンアラモードというメニューが存在することに気づくのではないか。そして「どんなものか試してみよう」と注文するのではないか。かすかな期待を胸に磨き続けている。

客が少ないならひとりにつき千円は置いていってもらいたい。プリンアラモードは六百八十円。飲み物は一番安い珈琲で四百円。合わせれば千円を超える。誰か頼んでくれまいか。

しかし誰もこちらを見ようとしない。

暇なのは梶だけで四人の客は忙しそうだ。

まず、朝早く来て奥に座った赤い髪の女。彼女はオレンジジュース一杯でせっせとスマホをいじっている。真っ赤に塗られた爪。その親指がせわしなく動く。赤い靴でタップダンスを踊るように一心不乱だ。たぶんゲーム中。こういう客は見込みがないと経験が教えてくれる。

窓際にはふたりの客が向き合っている。ひとりは髪にゆるくパーマがかかった女性で、顔立ちは整っているが表情が暗く、せっかくの珈琲に口もつけない。モスグリーンのスーツケースを一台、脇に置いている。

彼女の向かいには時々ここを利用するショートカットの女子が座っており、いつものソーダ水を注文し、ノートを広げて、スーツケースの女から話を聞き出そうとしている。

女子と言っても子どもではない。女性とも言い難く、ボーイッシュだ。

梶が長年見守ってきた不思議系カップルと一緒に来店する女子だ。カップルの女性のほうに「直《なお》ちゃん」と呼ばれている。苗字か名前かは知らないが、梶は心の中で彼女を「直坊」と呼んでいる。

不思議系カップルの男性は百瀬太郎、弁護士だ。以前この店で「赤ちゃん置き去り事件」があり、その際に名刺をもらったので、氏名および身分を知った。

正直言って驚いた。低賃金に喘《あえ》ぐどこぞのサラリーマンだと思っていたからだ。弁護士たるものもう少し身なりに気をつけるものだと思っていたし、こんな店にちょくちょく来るなんてアリエナイ。超難関の国家試験に合格した選ばれし人間ならば、もう少しマシな暮らしができるものと思っていたので、「日本、ヤバいんじゃないか」と不安になった。

不思議議系カップルの女性のほうは時々友人とも来店する。お嫁さん候補ナンバー1になりそうな清潔感あふれる人だ。華やかさはない。

梶は彼女を見るとほっとする。都会の女性らしくなく、ふるさと会津《あいづ》にもいそうな、そう、町役場の職員でもしていそうな女性なのだ。最近「大福亜子」という名前だとわかった。ここがちょっと謎なのだが、相方の百瀬がそう呼んでいる。「大福……亜子さん」と。大福と亜子の間にちょっとした空白があるのも奇妙である。

つくづく謎のカップルだ。

梶の記憶では、百瀬太郎はここで大福亜子にプロポーズをした。あの窓際の席でだ。しかも下駄《げた》を履き、ラフな格好でという暴挙に出た。はっきり言って、下駄でのプロポーズはアリエナイし、この店でというのも、ロマンチックとはほど遠い。

ここはサラリーマンが待ち合わせに使う店だ。おしぼりで顔を拭くような輩《やから》が集うザワザワした店なのだ。そんな店で一生に一度、せいぜい二度しかないであろう「結婚してください」はアリエナイ。案の定彼女は「往生際が悪い」とかなんとか言って出て行ってしまった。終わった、と思った。不思議議系カップル解散の瞬間を見届けたと確信した。

しかしそのふたり、のちにまた仲良く訪れるようになり、ある時期は毎朝のようにここでせっせとモーニングを食べていた。一緒に暮らしているのは間違いないのだ。けれど、百瀬太郎はいまだに「大福……亜子さん」とフルネームで呼ぶ。空白付きで。

謎は人の興味を惹《ひ》き続け、心を揺さぶる。ミステリー小説はだから売れるのだ。犯人も動機も殺害方法も結末もすべて帯に書いてあったら、誰が本を読む？　不思議系カップルは不思議ゆえに梶の興味を惹き続ける。

カップルの話はおいといて。

本日の四人目の客は直坊の後ろのテーブル席にいる。

すらりと背の高いイケメンだ。直坊たちと同時に入ってきたので、当然三人で座ると思ったが、男だけ別のテーブルについた。そしてそいつはアイスコーヒーを注文、あっという間に飲み干したが再注文をしない。

男は時々外へ行っては煙草《たばこ》を吸って戻ってくる。匂いでわかる。この店が禁煙なのが気に入らないのか、愛想が悪い。いったん外へ行くなら「また戻るので」とこちらへの声掛けが必要だろう。無銭飲食と区別がつかない。まぎらわしくもちょっと出ては戻ってくる。

ルックスは完璧の上をゆく美しさで、出入りするたびに道ゆく人々が彼を見、あっと驚いた顔をして、みなきょろきょろと周囲をうかがう。

気持ちはわかる。映画の撮影中なのだろうか、近くにカメラがあるのかと、疑ってしまうのだ。それほど群を抜く美しさだ。

梶は根っからの保守派で、「今の仕事と生活を維持したい」としか考えておらず、社会がどうの、人はこうあらねばなどという思想はいっさいないが、野心は持っている。

喫茶エデンが映像作品の撮影場所となる、という野心だ。

数分でいい、俳優たちがここで演技をしてくれたら。たとえば連続ドラマの七話の途中に五分でいい。喫茶店で待ち合わせる、という設定に使ってくれないか。

ウエイター役は俳優がやるだろうが、キエモノ（撮影に使う飲食物）は梶がこしらえたい。自分がこしらえたプリンアラモードが映像作品に刻まれ、その作品がヒットした暁には「聖地巡礼」となって、毎日ここに客があふれる。みんながプリンアラモードを注文し、「一日限定十個です」などと言ってみたい。

この店は昭和に開業した。新宿駅から徒歩七分という好立地のため、高度経済成長を支えたモーレツサラリーマンたちの待ち合わせや打ち合わせに都合が良く、朝から晩まで客足が途絶えなかったらしい。平成生まれの梶は上京してすぐにバイトとして入ったが、その頃はまだ活気があった。

順風満帆ではなく、危機はあった。スターなんちゃらという外資系のカフェが日本に上陸し、セルフサービスなのに提供する飲み物は上等でカスタマイズもできるという新たなサービスモデルを提案し、一世を風靡《ふうび》した。

スタイリッシュでシックな内装、初めての客は舌を噛みそうなメニューにめんくらうという、親しみやすさよりも都会的な特権意識を前面に押し出したカフェは、嫌煙権の広がりとマッチして、あっという間に広まった。

スターなんちゃらの何某《なにがし》フラペチーノを飲みながらノートパソコンを開くというスタイルは都会のあちこちで見られ、店舗数も「何もここまで」というくらい増えた。飲み物をテイクアウトして歩いていると、飲み切らないうちにスターなんちゃらの看板が見える。それくらい増えた。歴史的大人の街銀座ですらこの流れに染まったのである。

梶は「銀座ってプライドねえな」と思ったし、そのブームを「西洋かぶれ」と鼻で笑っていたが、座ればおしぼりが提供される昭和な喫茶店はみるみる淘汰《とうた》されていった。おしぼりって意外とどうでもいい存在だったのだ。

それでも喫茶エデンは平成を生き抜いた。おしぼりとともに。昭和な喫茶店が減ったことでむしろ一時的に需要が高まり、おしぼり好きの希少な人々が席を争って利用した……のだが……。

令和になると昭和を懐かしむ層はシニアになり、サラリーマンを卒業して新宿から消えた。おそらく自宅のある郊外で犬と散歩を楽しんでいるのだ。あるいは施設に入ってしまったのかもしれない。

それでも梶はこの仕事を続けたい。好きなんだ。人を観察するのが。

第一、百瀬太郎と大福……亜子は変わらずに来店してくれる。

そして直坊も。

彼らを観察するため、この店が潰れないよう、梶は今日もグラスを磨き続ける。

喫茶エデンの窓際の席で正水《まさみず》直はノートを広げてペンを持ち、相手の話に耳を傾ける。

「福引きを見かけたんです……」

女性はつぶやいたあと大きくため息をつき、黙り込んだ。

福引きと聞いて、直はふるさとの甲府《こうふ》を思い出す。

年末に家族で行った駅前商店街の賑《にぎ》わい。正月準備のために買い込んだ食材を両手に提げた両親は小学生の直に「やってみなさい」と言った。直は小さな手でハンドルを握り、思いっきり回した。ガラガラ、ポンと赤い玉がこぼれ落ち、ベルがやかましく鳴り響き、周囲の人々が「おお」と感嘆し……景品は……なぜか記憶から消えている。子どもにとってつまらないものだったのだろう。福引きとかおみくじとかは、引くまでが楽しくて、そのあとはただシーンとした日常に戻るだけだ。

夢を見て、覚める。福引きは人生を象徴している。

直は大学進学のために東京に出てきたものの、夢破れて進学をあきらめ、二見《ふたみ》・沢村法律事務所で働き始めた。

以前は百瀬法律事務所でバイトしながら受験勉強に励み、「弁護士になって百瀬先生のように人を幸せにしたい」という夢を持っていたが、そこから「弁護士になって」を引き算した。つまり、百瀬のように人の役に立とうと、こうしてがんばっているのである。

直の仕事は沢村透明のアシスタントだ。彼は百瀬と同じくらい頭脳明晰《めいせき》な弁護士だが、人と接するのが病的に苦手で、これまではパートナーの二見が受けた仕事を事務所にこもって処理してきた。直というアシスタントを得たので、「そろそろ依頼人と向き合いなさい」と気の強い秘書に尻を叩《たた》かれている。

しかし沢村自身は及び腰だ。依頼人とじかに向き合いたくないので、後ろのテーブルに着席し、聞き耳を立てている。

依頼人はゆるくパーマが残った栗色《くりいろ》の髪で、生え際が黒い。顔立ちは整っており、もともとはおしゃれな人なのだろうが、もはや美容院に行く気力もないようだ。化粧っ気のない顔に不似合いなローズピンクの口紅を乱暴にひいている。自暴自棄の匂いがする。

二見・沢村法律事務所は法人相手の仕事が多いが、二見がテレビで法律王子の『テレフォン法律相談』というコーナーを持っているため、一般の人が事務所に電話をかけてきたりもする。

彼女もそのひとりだ。電話を受けた秘書は、その手のあまり金にならない相談に違いないから、沢村の練習相手になってもらおうと判断し、案件を沢村にふったのだ。

秘書から電話を代わるように言われた直は、まず、二見ではなく沢村という弁護士が担当すると説明した。電話口の声は落胆したふうでもなく、「はあ」としか言わない。「法律王子ではないんですけど、いいですか」と尋ねても、「法律王子って何ですか」と言う。

テレビは見ないタイプのようで、法律事務所をスマホで検索し、たまたま見つけたという。直は「まずお話を伺いましょう。今どこからかけていますか？　こちらが参ります」と言った。

電話口からはざざーっざざーっと激しく水が落ちる音が聞こえていた。ひょっとしたら、どこか滝の近くではないかと思った。直の頭に真っ先に浮かんだのが修学旅行で行った日光《にっこう》の華厳滝《けごんのたき》だ。中禅寺湖《ちゅうぜんじこ》の水が九十七メートルもの岩壁を一気に落ちてゆく様を見て、その壮大さに圧倒されていたら、近くにいた同級生が「自殺の名所なんだよ」と言った。その瞬間、一番高い崖っぷちから放出された水が、ふわっと空に浮かんだように見えた。「こっちへおいでよ」という悪魔の手招きにも見え、ぞっとした。滝というものは死にたい人を呼び寄せるものなのかも、とその時思ったのだ。

「ひょっとして滝の近くにいますか？　動かないで。すぐに行きます」と言うと、電話口で相手は居場所を口にした。たしかに滝の近くではあった。新宿中央公園にある通称ナイアガラの滝である。落差わずか五メートル、幅三十八メートルの人工滝で、自殺は無理だし、そこにいる誰もが涼をとるためにいるだけだ。

直はそれでも沢村の腕をひっぱり、公園へと向かった。こういう時、二見の事務所は気前よくタクシー代を出してくれるので、あっという間に到着し、無事会うことができた。

彼女はスーツケースと並んで立っていた。「寒川《さむかわ》です」と言いながら沢村を見て、まぶしそうな顔をした。憔悴《しょうすい》しているものの、気分がやや上向きになったのは明らかで、「イケメンの効力って凄《すご》いな」と直は思った。

とりあえず、喫茶エデンで話を聞くことにした。最近空《す》いているので、話が聞きやすいと思ったのだ。彼女はスーツケースをころがしながら黙ってついてきた。沢村が別のテーブルについたので、一瞬、不安そうな顔をしたものの、今は落ち着いている。「担当弁護士は人見知りで依頼人と向き合えない性格」などとは口が裂けても言えない。

直は尊敬する百瀬の話し方を真似《まね》て、おだやかな口調で尋ねる。

「いつ、どちらで福引きを見かけたんですか?」

「住宅展示場に行ったんです……とても大きな……」

「住宅展示場?」

直は若くて人生経験が浅いのでどういう場所かを想像できない。

「住宅が展示してある……場所ということですね?」

「広い敷地《しきち》に複数のハウスメーカーのモデルハウスが建っていて、見て回れるんです」

「へえ……面白そう……」

「夢の国ですよ」

寒川は寂しそうに微笑んだ。

「わたしね、急いでいたんです。住む家を探していて。パートナーと住める家。まずは不動産屋を覗いてみたんです。混んでいました。並ぶのは嫌いなので諦めました」

「パートナーがいらっしゃるんですね。不動産屋にはご一緒に?」

「いいえ、連れて行くのは無理ですもの。日本って窮屈なのよね、どこに行くにもああしろこうしろって条件があるし、人の目が厳しいというか、うるさいっていうか」

寒川はもううんざり、という表情をした。

直は「パートナーに何か問題でもあるのかな」と思ったが、とりあえず話をうながす。

「それで？」

「出て行こうとしたら不動産屋の壁にポスターが貼ってあったの。住宅展示場があると知って、行ってみたんです。そっちは空いてるかなと思って」

「住宅展示場って家を売ってるんですか」

「サンプルですよ。モデルハウスが内覧できるんです。それはもう夢物語っていうか……どれも窓が大きくて明るくて……広くて……広すぎるくらいで……」

「寒川さんの欲しい家はなかったんですか」

「とんでもない、欲しい家ばかりですよ。想像の上をゆく豪華で素敵な家ばかりでした。そうよ、わたしはこういう家に住みたかったと思い出したんです。子どもの頃にあこがれたお城。小さくて古くて夢がない家で育ったものだから、大きな家にあこがれるんです。モデルハウスって気分がいいものですね。広くて綺麗《きれい》なおうちに住んでいる自分を想像するの。熱心にながめていたら、ハウスメーカーの人が声をかけてきたんです。ご希望の家はありますかとにこにこ笑っているんです。するとね、わたし、子どもは親に預けてきました、五歳と三歳がいるんです、子ども部屋は将来的にはふたつほしいんですよと言ったんです」

「お子さんもいらっしゃるんですね」

「いませんよ。でもわたしはそう言ったんです。ぺらっとね。口から出たのは嘘ではないんです。そういう立場になりきっちゃったんですよ。するとね、二階に案内してくれて、この二十畳の洋間は将来的にふたつに分けられるよう、引き戸のレールをまんなかにつけられますよと説明してくれるんです。わたしは言いました。レールをつける予算はどれくらいかしら、だいたいでいいから、教えてくださいと。ね？　簡単でしょ。わたしったらあっという間にふたりの子どもがいるおかあさんになれちゃった」

「お子さんが欲しいんですか？」

「いいえ、子どもなんて面倒じゃないですか。わたしはね、人の世話をするのは嫌なんです。人に合わせて人生を消費するのはごめんです。わたしはわたしのために生きたいんです」

寒川は熱のこもった口調で話す。

「でもね、経験してみてわかったけど、人におかあさんって見られるのはなかなかいいものよ。社会的に認められる気がした。日本ってそういう国なのよね。結婚して子どもがいる女が最強。ここにいていいんだと胸を張れるというか。生きやすくなるっていうか」

「そう……ですか……」

直は自分の母を思った。父が頼りないので、母はたいへんそうだった。母は直を大学に行かせようと必死で働いていた。なのに自分は大学生になれなかった。母には負担と心配しかかけていない。子どもがいると生きやすくなるなんて、直には思えない。母親になるなんて、女にとってリスクでしかない。が、ここは議論をする場ではない。相手の話を聞く場である。

百瀬のように相手を否定せずにやわらかく受け止めていると、寒川は次々にしゃべってくれる。

「家は欲しいの。自分の家が。居場所が欲しいの。すぐにね。でもどうしたらいいのかわからない。夢ってたいてい手に入らないわよね。でも、つい見たくなるのよね、夢。やっかいよね、夢って」

直は「そうですね」と心からうなずけた。

「わたしね、夢は懲りてるの。これでも苦労人なのよ。夢見て、がっかりの繰り返し。夢に懲りて、とりあえずパートナーと住める家が欲しかったわけ」

寒川はふーっとため息をつき、肩を落とした。

直は寒川のパートナーを想像できなかった。ひょっとするとこの人はひとりぼっちなのではないかと思った。パートナーがいるというのもぺらっと口から出た嘘ではないか。

「その展示場で福引きをしていたんですか?」

「ええそう。展示場の隣に広場があって、そこでやっていたんですよ。懐かしい抽選器と似ていたんです。赤い八角形の器械が目に入ったら、急に昔を思い出して、懐かしくてね。そこに係の人がいて、展示場にきた人なら誰でも参加できるって言うのよ」

「それならやりますよね」

「景品が何かはどこにも書いてなかったんだけど、住宅関係のものだろうと思ったから、スリッパ当たらないかなって。モデルハウスのスリッパ、すごく履き心地良かったんです。わたしホテル住まいだから」

「ホテルにパートナーといるんですか？」

「パートナーは別のホテルです」

直は「ワケありカップルかな」と思い直した。日本は不倫に不寛容だから、連れ立って歩けない、ということだろうか。有名人の愛人なのか？　もちろん口にはしない。どんな依頼人でも利益を守るのが弁護士の立場だ。

「ホテルのスリッパってぺらぺらで使いにくいでしょ、だからスリッパ当てたかったの。なのに……」

「ハズレたんですか？」

寒川は首を横に振った。

「当たった？」

寒川は神妙にうなずき、「一等」とつぶやいた。

「一等？　すごーい」

直は大袈裟《おおげさ》に驚いてみせた。福引きの話から少しずつ声のトーンが落ちてゆく寒川を励ましたかったのだ。

「ついてるじゃないですか！　景品は？」

「いえ……」

直は催促せずに言葉を待った。おそらくもったいぶっているのだと思った。なぜなら
「いえ……」と言ったあと、寒川は珈琲を口にした。冷めている珈琲をあえて飲んだ。

それきり寒川は話そうとしない。ちびちびとずっと珈琲を飲んでいる。やはり催促する
しかない。なかなか百瀬のようには聞き出せない。

「あの、景品は何だったんですか」

「だから今言いました」

「え？」

「家です。い、え。お、う、ち」

「ええっ」

後ろにいた沢村も驚いたようで、「う？」と妙な声を発した。

「家が当たった？」

「建坪三十坪の家が当たったんです」

「えええっ」

ガゴン、と鈍い音がした。ウエイターがシンクにグラスを落としたようだ。分厚いグラ
スのようで割れはしなかったようだ。

「どういう……家ですか？」

「二階建てで二千万円相当の家だそうです」

「住宅展示場の家ですか？」

「いいえ、中古だけど築浅で状態は良くてすぐに住めますって。それをくれるって言うんです」

直は心の中で、なるほど、住宅展示場では福引きで家が当たることもあるのだと思うことにした。ものすごく驚いたがそれは自分が二十歳《はたち》そこそこで未熟者だからであって、社会ってそういうことがあっちこっちであるのかもしれない。そう思わないと、冷静ではいられない。街で見かける豪邸たち、どうしたらあんな家に住めるのかといつも憧れの気持ちで眺めていた豪邸たち、案外「福引きで当たった」のかもしれない。

「それでどうなりましたか？」

「土地は購入する必要があると言われました。その家が実際に建っている敷地を購入しないと家はもらえないと言うんです」

「結局お金が要るんですか」

「そうなんです。なあんだ、そういう話かと、すーっと心が冷めました」

「ですよね」

「するとね、見るだけ見てみませんかと、家の外観の画像を見せられて」

寒川はいったん言葉を呑み込み、ぼそっと言った。

「素敵なんですよ」

直は、ああ、この人は詐欺に引っかかってしまったのだ、と思ったが、「そうですか、素敵なんですね」と相槌《あいづち》を打った。

「わたしここに住みたいって思いました」

「住宅展示場のモデルハウスみたいな家ですか？」

「いいえ、もっと質素というか、無駄のないこぢんまりとしたデザインで、住んでいる自分が想像できるんです。ひとことで言うと、感じがいい。そう、親しみやすい家なんです。わたしとパートナーがそこにいる未来が見えました。わたし、この家が欲しいと思ったんです。おそるおそる聞いてみました。土地はいくらですかと。すると、安いものです、百坪でたったの七百万ですと言われました」

寒川はそこでいったん口を閉じた。

直はさすがにもう「ついてますね」と言えなかった。これは自分が未熟だからとかの話ではない。家が当たるなんて裏がある。おそらく詐欺だ。

いつのまにか沢村は直の隣に座り、暗い顔をしている寒川に単刀直入に尋ねた。

「金、払ったんですか？」

寒川はうなずいた。

「権利証は？　登記簿も見ずに振り込んだんですか？」と沢村は問いただす。

その言い方はよくない、と直は思った。詐欺の被害者を「あなたは迂闊ですよ」と責めているように聞こえる。

直がハラハラしていると、寒川は顔を上げ、キッと沢村を睨んだ。

「わたしはそんなにバカじゃありません。奥森《おくもり》を通じてちゃんと登記簿を確認しました」

直は口をはさんだ。

「奥森って？」

「福引きをした係の人です。その場で彼から登記簿の写しを見せられました。場所は奥多《おくた》摩《ま》で、遠いから手続き前に現地には行けなかったけど、土地と家をわたし名義に変える手続きをその奥森を通じて済ませたんです。急がないと、ほかの人のものになっちゃう気がしてあせっていました。土地代と名義変更の手数料で八百万を一括で払いました。ローンの審査なんて待ってられないし、借りる当てもない。そりゃあ、痛いです。手元に残ったお金はわずかです。あなたがたに着手金を払うのだってやっとです。でもお金は全額払いました。百坪の土地と三十坪の家はわたしのものになったんです」

寒川は「権利証です」と言って、ふたりに見せた。

沢村は中身を確認し、「たしかにあなたのものだ」と言った。

直は混乱した。家が当たり、その家をもらう条件をクリアし、実際に手に入れた。どこに問題があって弁護士が必要になったのだろう。

沢村がつぶやいた。

「何が言いたいのかさっぱりだな」

寒川の顔色がサッと変わった。頬が赤くなり、こめかみに筋が浮いた。腹を立てたようだ。当然だと直は思う。依頼人はアナウンサーではない。話が上手である必要はないのだ。たとえ話が見えにくくても、弁護士たるもの、そこからきちんと課題を汲み取り、希望に沿った解決の道へと導いてゆくべきだ。依頼人の気持ちをくじいてどうする？

直は百瀬の口調を真似てやわらかく尋ねた。

「パートナーのかたは何ておっしゃっていますか？　このことについて」

「さよならしました」と寒川は答えた。

「パートナーと暮らすために家を探していたんですよね？」

寒川は目に涙を浮かべ、「そうよっ」と吐き捨てるように言った。

「わたしは住みたかった。彼と一緒に。だからお金を払ったの。手続きも済ませた。よく確かめもせずにね。急いでいたのよ。ホテル代が二重にかかるの。わかるでしょう？　その家が良かったの。田舎がいいの。人なんてもううんざりだし。ただもうふたりでそこで暮らしたかったのよ」

「家に欠陥があったんですか？　雨漏りするとか」と直が尋ねると、「自分の家の雨漏りは自分で直せばいい」と沢村が言った。

寒川は首をぶんぶん横に振り、まるで西洋人のように首をすくめると、「綺麗な家ですよ、おそらく快適です。住み心地がいいはず」と言う。

直はますます混乱した。

「どういうことですか?」

寒川は手続きを済ませて奥森から鍵をもらい、ホテルを引き払ってパートナーとともに奥多摩まで電車で行き、最後はタクシーで家に向かったと言う。

「家におまけが付いていたんですよ」

「おまけ? どんな?」

「人」

「えっ」

「犬」

「ええっ」

「おじいさんと犬」と寒川は言う。

直は驚きの余り、何度も念を押してしまう。

「おじいさんと犬? おじいさんと犬? おじいさんと犬付きの家だったんですか?」

口にしないと意味がわからなかったし、口にしたらなおさらわけがわからなくなった。

「まだ住んでいた、ってことですか。でもいずれ出て行くんですよね?」

寒川は首を横に振った。

「家からおじいさんと犬が出てきて、散歩に行くところだと言いました。わたし、家を間違えたかなと思って、でも住所は合っているんです。そのあたりには一軒しかありませんしね。おじいさんに近々引っ越す予定ですかと聞いたら、犬も自分も高齢だから死ぬまでここで暮らすつもりだよあははと笑って、散歩に行っちゃったの。わたしはね、言えなかった。そこはわたしの家ですと言えなかった。だってあんまりびっくりしたものだから」

それはそうだ……と直は思った。話を聞いただけでもこんなにびっくり仰天するのに、購入した家に人と犬がいたらそれはもう……茫然自失《ぼうぜんじしつ》となるだろう。

「すぐに奥森に電話しました。福引きと購入手続きをした展示場の男に。するとね、その番号は使われていませんって。住宅展示場に問い合わせたけど、そんな福引きはやってないと言うの。奥森なんて社員もいないって」

直は「詐欺……ですね」と言って沢村を見る。

沢村は「詐欺はだまして財物を奪う行為を言うんだ」と言う。そして権利証に手を置くと「これは正式なものだ」と言って寒川を見た。

「あなたは家が当たって、さらに土地を買って、どちらも自分のものにした。紛れもなく事実だ。奥多摩の基準地価からいうと、百坪で七百万は良心的な値段。さらにうわものはただで手に入れた。権利証はあなたの名義になっている。あなたが財物を奪われたとは言えない。詐欺罪で告発するとしたら、原告はそのじいさんになる。自分の家がいつのまにかあなた名義に書き換えられてしまったのだから」

寒川はまなじりをつりあげた。

「わたしが被告になっちゃうんですか?」

「いや、それはない。あなたは誰もだましていない。だまされたのはあなただ」

寒川はうろたえたように、まばたきをした。そして「だましてない……」とつぶやいた。まるで自分に問うように。直はそれがちょっと気になった。何か隠しているのではないか、と思ったのだ。しかし寒川は依頼人である。弁護士としては依頼人の利益を優先するのが先だ。依頼人を疑ったり問い詰めてはいけない。

直は「居住権って憲法でいうと……どうなりますか？」と沢村に問うた。

沢村は「居住権は法令にはない。居住権なんていう言葉は法律にはないんだ」と言う。「しかしこのままだと固定資産税の請求は寒川さん、あなた宛に来ることになる。知らないじいさんと犬が住む家の税金があなたにかかるってことだ」

沢村はそう言うと、胸ポケットから煙草を出し、口にくわえた。火をつけることはしなかった。

ウエイターがつかつかとやってきて、寒川の前にある飲みかけの珈琲を下げた。そのあと温かい珈琲とプリンアラモードを持ってきて、寒川の前に置き、「良かったらどうぞ。気持ちです」と言った。

舟形のグラスの中央に小さくて色の濃い固めのプリンがのっていて、その周囲には生クリームがこれでもかと波を打ち、バナナスライスと缶詰みかんが花を咲かせている。

奥の席の赤い髪の女がスマホをいじりながら、何がおかしいのか「うっける〜」と言い、ケタケタと笑った。

赤坂《あかさか》春美は両手にレジ袋を提げて百瀬邸に向かっている。

かつてナイス結婚相談所に勤めていた春美は、元先輩の大福亜子もとい百瀬亜子に聞きたいことがあり、昼休みに職場を訪ねたが、本日はお休みと聞いて心配になり、看病に行くことにした。途中でＬＩＮＥをしたが既読にならない。風邪かもしれないし……いや、おめでたかも。看病というのは名目で、いろいろ聞きたいのだ。

急に結婚式の日取りが決まったらしい。昨夜「この日は空けといてね。式場押さえたから」と亜子からＬＩＮＥが来た。調べてみるとその日は仏滅だ。結婚のプロなのに自分のことだとうっかりしちゃうのかしらんと、ＬＩＮＥで教えてあげたが、既読にならない。そして今日、職場まで行ってみたが、休んでいる。

これはおそらく妊娠。つわりだ、重いほうの。急に式の日取りを決めたのも道理だ。お腹がデカくなる前にウエディングドレスを着る作戦だ。

仏滅に式。よほどのことである。

もしくは……ひょっとしてだが……はやりの離婚式？

それならば仏滅を選ぶのもわかるし……可能性はなくもない。

「だって相手があれだからなあ」と春美はひとりごちる。

百瀬太郎。「頭が良くて性格も良い」と亜子は言うけれど、東大を出ておいて稼ぎが悪いなんて春美に言わせれば「おばかさん」だ。

春美は地方出身の野心家で、亜子は東京育ちのおっとり系。不思議とウマが合い、退職後も連絡を取り合っている。照れくさいので口にはしないが、親友だと思っている。女同士うまくいく秘訣《ひけつ》は「欲しいものがぶつからない」である。

春美は愛媛の高校を出てすぐに上京した。「東京でキャリアウーマンになっていい暮らしをしよう」ともくろんでいたが、都会は家賃が高いし、それに見合った給料は貰《もら》えないし、全然思い通りにいかなかった。農家の嫁の母の苦労を見てきたから、結婚を賛美する仕事にもやる気が出ない。「結婚は女が一方的に損をする契約」というイメージがあり、ゴールどころか回避したい障害物でしかなく、だからひたすら転職を考えていた。するといきなりのクビ宣告を受ける。

「あれにはまいったなあ」と春美はひとりごちる。

ふってやると思っていた相手からふられたら、自尊心ズタズタである。自暴自棄になっていたところ、亜子が高校時代の同級生から「誰か嫁さんになってくれる人いないかな」と相談されて困っているというので、すかさず手を挙げた。転職先のひとつとして結婚もありかもと。腰掛けとしての結婚だ。

春美から見れば、亜子はいつもうかうかしている。その同級生は外交官で高収入、しかもさりげなく亜子にアプローチしているのに、全然気づかない。手を挙げた春美のために好物件との見合いをセッティングしてくれた。

「亜子先輩はほんと、気前がいいというか、おばかさんなんだよなあ」と春美はひとりごちる。

春美は先行きの不安から出来心で見合いをしたものの、会ってみると、「彼は間違いなく亜子先輩が好きなんだ」と確信した。「わたしも亜子先輩のことが好きだから、価値観は一致した。うまくいくかもしれない」と考えた。

春美がＯＫの返事を伝えると、相手もドライな男で、「妻帯者のほうが海外赴任に有利だし、好きな女が推薦する人ならいいかな」と軽ーく考え、春美の語学のレベルを確かめた。春美は転職のために英語と中国語と時事問題を頭に叩き込んでいたため、外交官夫人試験（非公式）を突破、「とりあえず結婚しよう、赴任予定の三年間は」と合意した。

そしてふたりは赴任先のミャンマーで新婚生活を送った。妊娠を機に春美だけ帰国して夫の実家に身を寄せ、出産後も日本にいる。あと半年で夫も帰国の予定だ。「とりあえず三年」という契約結婚でスタートしたが、子どもが生まれてからは互いに契約のことは口にしなくなった。

姑《しゅうとめ》との暮らしは思いのほかラクチンである。完璧主義の姑が家事も育児もやってくれる。とはいえ、我の強さは同程度なのでストレスもたまる。「息を抜きたいときはここを使って」と亜子は合鍵をくれた。だから春美はたびたび百瀬邸で過ごしている。

さて百瀬邸が見えてきた。

モスピンクの煙突。くすんだ赤い屋根瓦。こぢんまりとしたレトロな洋館だ。

豪邸ではないが、以前百瀬が暮らしていた築四十年のアパートに比べたら邸《やしき》と言いたくなる立派な平屋である。猫弁のくせに生意気にも庭がある。

それにしてもだ。ここを訪れるたびに存在感が尋常ではない表札が目に入る。何度見ても慣れない。インパクト大だ。

二十センチ四方の正方形で、天然木の木目が見事である。中央に縦一直線の彫りが入っており、右側に縦書きで大福、左側には百瀬と刻まれている。妙な書体で、百瀬の筆跡をもとに彫り師が彫ったという。入籍したら一直線の亀裂を手で割り、リユースできるらしい。が、入籍後も一向にこのままだ。忘れているのだろうか。

この表札は秋田の靴屋の大河内三千代《おおこうちみちよ》からの贈り物だと聞いている。同棲《どうせい》中のカップルが結婚後も使えるアイデア商品だと、春美は感心している。

しかし今気づいた。離婚しても割って使えるではないか。

「ううむ、ますますスグレモノじゃん」春美はうなる。

さすが女一代で天下のシンデレラシューズを築き上げた三千代だ。発想が時代の先をゆくと、尊敬の念を強くした。「わたしだっていつまでも専業主婦なぞやってられないぞ」と最近くすぶりがちな野心が煽《あお》られる。

合鍵で中に入って驚いた。

「あれ？　亜子先輩、寝込んでませんね」

寝室の和室には布団が敷かれておらず、畳一面に封筒が並べられている。亜子はというと、隣室のダイニングテーブルで万年筆を握りしめ、宛名書きに勤《いそ》しんでいる。

「春美ちゃん、どうしたの？　美亜《みあ》ちゃんは？」

「美亜はばーばと句会に行きました」

「句会？　お姑さん英才教育に熱心って聞いていたけど、一歳でもう俳句？」

「違いますよ。句会の仲間に孫を自慢したいんです」

「なるほど。美亜ちゃんかわいいもんね」

「心にもないことを言わないでください。美亜のルックスはアウトです」

亜子は青ざめた。

「母親がそういうこと言っちゃだめでしょ」

春美はスーパーで買って来た食材を不満げにどさりと置いた。つわりでも食べられるご飯をこしらえてあげようと思って来たのに、ぴんぴんしているし、叱ってくるし。

「美亜はね、わたしに似ちゃったんですよ」

春美はふてくされて言う。

「不細工でね、口は達者。一歳だから滑舌はよくないけど、そこそこしゃべります。母親似ですよ。しかたない。いいんですよ、それで。わたしも美亜も不幸ではありません。女はルックスがすべてじゃありません。むしろアウトのほうが、生き抜く術《すべ》を身につけなくちゃって危機感持つから、いいんです。勉強だってね、できなくてもいいんです。わたしはね、美亜にガッツと要領を学ばせたいんです。ただただ要領よく生き抜いてほしいんですよ」

「春美ちゃんったら」

亜子はくすくす笑う。

春美も笑った。亜子が笑うとなんだか幸せな気持ちになる。やはり何か作ろうと、買って来た食材をキッチンに移動する。

「ここ借りますよ」

春美は買って来たものと冷蔵庫の中身を見比べながらしゃべる。

「赤坂のおかあさんはね、孫がいること自体が自慢なんです。みせびらかしたいんですよ。いまや孫はシニアにとってステイタスですからね」

「そうなの？」

「日本の男性の生涯未婚率が二五％を超えましたよね。男は四人に一人は結婚しないんです。未婚はもうノーマルな時代に突入しました。女だって六人に一人は未婚です。結婚しても気軽に離婚します。結婚したら、なーんだこれかよって夢から覚めて、ぱっと離婚する。そういうちょっとだけ婚がはやると思いますよ」

「ちょっとだけ婚？」

「そもそも今は婚姻年齢が上がっているし、子どもができるとは限らない。そんな時代にですよ、子どもがいて、その子どもが子どもをこしらえる。それはもう当たりくじを引いたようなものです。そんな恵まれた自分を自慢しに彼女はせっせと句会へ行くんです。友だちに嫌われてると思うな～」

春美はしゃべりながらも、亜子をちらちらと見る。

「亜子先輩、昨日、結婚式の日取りが決まったってＬＩＮＥくれたでしょ。あれ仏滅ですよ」

「うん、いいの。早く挙げたいから」

「気持ちはわかるけど、急ですよね。おかあさんを待つ話はどうなったんです？　いろいろ聞きたくてナイス結婚相談所に行ってみたら、今日はお休みって聞いたから……ＬＩＮＥも昨夜から既読にならないし……」

亜子はびっくりした顔をして、きょろきょろと辺りを見回し、「あー、スマホはあの部屋に置きっぱなしだ」とつぶやく。

なんだ、気づいてないのか、と春美はため息をつく。

「春美ちゃん、ごめん、昨夜遅くにいろいろあってさ、心配かけた？」

「そうですよ、心配しました。っていうか、ぶっちゃけますと」

つわりですかと聞きたい気持ちを堪《こら》え、「食中毒とか、風邪とか、体調不良かと思って」と春美は言った。

亜子はごめんごめんと笑った。

「申し訳ないくらい元気よ。今日は代休なの。最近は祝日に地方で出張相談室を開くでしょう？　だから代休結構たまってるのよ。続けて一週間くらい休んだらって人事課から言われてるくらい。明日は出社するけどね。でもいいところに来てくれた！　お式のことといろいろ相談したかったの」

「招待状の宛名書きですか。わざわざ万年筆で」

「ええそう。気持ちを込めたくてね。この作業は百瀬さんがいる時はできないの。式の日取りが決まったことは内緒なのよ」

「ええっ、本人が知らないって、どういうことですか？」

亜子はいたずらっ子のようにえへへと笑った。

「おかあさん、模範囚なんですって。さすが百瀬さんのおかあさんよね。優秀なんだわ」

春美は呆れた。

「模範生と模範囚をごっちゃにしちゃいけません。模範囚ですよ。囚人。犯罪者集団の中ではマシってことですからね」

亜子は「きちんとしててくれてありがたいわ」と言う。

「刑期満了を待たずに仮釈放されるんですって！　七重さんが金沢刑務所へ行っておかあさんから直接聞いてきたから、確かな情報なの」

春美はううむとうなる。刑期とか仮釈放って言葉はドラマの中のものだと思っていた。東京育ちのおっとり亜子の口からそんな言葉が次々と出てくるのが不思議でならない。百瀬太郎のせいだ。先だっては百瀬本人も牢《ろう》に入ってしまうし、呆れ果てる。少し嫌味を言って、亜子にわからせたい。

「そもそも猫弁だって牢屋に入りましたよね。あー、やだやだ。わたしはね、式の日取りが決まったと聞いて離婚式じゃないかと思いましたよ。先輩が離婚を決意してもわたしは驚きませんよ。猫弁と結婚。猫弁と離婚。どちらが幸せへの切符かあやしいものです」

ところが亜子は夢見る夢子のままだ。

「百瀬さんが留置場に入ったおかげでわたしは入籍する決心がついたし、わたしが覚悟を決めたら百瀬さん、すぐに同意してくれたでしょ。やっぱり七重さんが言う通り、こっちがリードして、やりたいようにやらなくちゃと思うの。だからね、式を挙げちゃうことにした」

「七重さんがそうしろって?」

「うん、七重さんの作戦なのよ。段取りは全部こっちで決めてしまったほうがいいって。直前まで黙っておきなさいって。どうせ男ってのは、式なんてやりたくない生き物なんだから、やる気のない人にお伺いを立てる必要はないというのよ」

「ふーん」

春美は式を挙げてはいない。全く興味がないのだ。男じゃないけど、やる気はゼロ。なぜこんな面倒な儀式に時間とお金をかけるのかさっぱりわからない。

「ところでまだ猫弁のことを百瀬さんって呼んでるんですか？」

「いいえ、今は太郎さん、亜子さんよ」

「百瀬さんってさっきから何度も言ってますよ」

「えっ、うっそだあ」

「言いました。表札もあのままですね」

「あれはもうあのままにするの。仕事では大福だから」

春美は買って来た食材で料理を始めた。すぐにできるチャーハンと中華スープにする。チャーハンは卵と小ネギのみを使った基本的なレシピで、中華スープにはセロリを入れて風味をつける。ふたりはおしゃべりしながらそれぞれに手を動かし、短時間で食事ができたので昼休憩をとることにした。

「いい匂い。春美ちゃん来てくれてよかったあ……おいしい！　このチャーハンすんごいおいしい。春美ちゃんお店出せるかも。ん……でもなんだか……懐かしい味がするなあ。チャーハンもスープも」

「亜子先輩のおかあさんから教わったんですから」

「えっ、そうなの？」

「忘れたんですか？　入籍してすぐ隼人《はやと》が先にミャンマーへ行って、わたしがビザやパスポートを用意している間、先輩のうちに泊まり込みで家事をひと通り教えてもらったじゃないですか」

「あー、そうだった。あの頃、母はイキイキしてたなあ。春美ちゃんはセンスがいいってめちゃくちゃ褒めてた。最近わたしも家事をするようになって、母に習いたいんだけど、なんだかんだ都合が合わないの。母に避けられてる気もするのよ……」

春美は亜子の母・大福敏恵の愚痴を思い出す。

「亜子は全然だめ。子どもの頃から何度も教えようとしたけど、不器用だしセンスがないし、見ていてイライラするの。鍋を火にかけるでしょ、ちょっと見ててというと、吹きこぼれてもただ見てるのよ。アイロンも下手よ。シワを伸ばしながら新たにシワをこしらえるのが得意。自分の子が思い通りにできないのを目の当たりにすると、すんごいストレスよ。今はもうあきらめた。いい？　母親になったらあきらめ上手にならなきゃだめよ。あきらめることが愛することなの」

つまり敏恵は娘を見捨てたのだ。家事全般については見限った。愛するがゆえに。

春美はくすりと笑い、話を変える。

「式はどれくらいの規模になるんですか？　人数とか」

「前に招待するって決めていた人たちと、新たに出会った人たち。あの人もこの人もって、どんどん増えちゃって。結婚式って自分の心が見えちゃうね。自慢したい気持ち、すごくあって、あの人にもこの人にも見せびらかしたいって」

「猫弁は自慢になりませんって。会場は広いんですか？」

「仏滅にしたら一番広い会場を一番安い価格で使わせてもらえることになって」

「へえ、ラッキーっすね」

春美は式には興味ないが、「安い」には惹かれる。

「二百人くらい入れるんだけど、そんなに呼ぶ予算はないから、五十人ってとこかなあ」

「五十も呼べばじゅうぶんですよ」

「春美ちゃん来てね。美亜ちゃんも」

「小さい子は泣いたりしてうるさいから、やめましょう」

「そうかなあ。いてくれるほうがいいなあ。賑やかで。小さい子用のメニューもあるのよ」

春美はふーっとため息をついた。亜子は子どもがいないから、わかってないんだなあとつくづく思う。

「わたしどうせならゆっくり食事したいです。子どもの世話をやきながらだと食べた気がしないです」

「わたしが美亜ちゃんに食べさせるから、春美ちゃんはゆっくりフルコース味わって」

「花嫁さんにさせるわけにいかないっすよ」

「わたしやるわよ。やらせて。美亜ちゃんの席、わたしの隣にしましょう。決まり。あ、そうそう、式場に託児室があるって聞いてる。美亜ちゃんが式に飽きちゃったらそこで預かってもらったらどうかな。シッターさんがいて、おもちゃもあるみたいよ」

「へえ、式場に託児室なんてあるんですか。気が利いてますね」

「今は子どもが生まれてから式を挙げる人も多いでしょ」

「亜子先輩もそうなるかと思ってましたよ」

郵便はがき

料金受取人払郵便

小石川局承認

1141

差出有効期間
2025年12月
31日まで

112-8731

〈受取人〉
東京都文京区
音羽二ー一二ー二一

講談社
文芸第二出版部 行

書名をお書きください。〔　〕

この本の感想、著者へのメッセージをご自由にご記入ください。

〔　〕

おすまいの都道府県 .... 性別 男 女

年齢 10代 20代 30代 40代 50代 60代 70代 80代～

頂戴したご意見・ご感想を、小社ホームページ・新聞宣伝・書籍帯・販促物などに
使用させていただいてもよろしいでしょうか。 はい (承諾します) いいえ (承諾しません)

TY 000044-2311

ご購読ありがとうございます。
今後の出版企画の参考にさせていただくため、
アンケートへのご協力のほど、よろしくお願いいたします。

■ **Q1** この本をどこでお知りになりましたか。

1 書店で本をみて
2 新聞、雑誌、フリーペーパー 〔誌名・紙名 〕
3 テレビ、ラジオ 〔番組名 〕
4 ネット書店 〔書店名 〕
5 Webサイト 〔サイト名 〕
6 携帯サイト 〔サイト名 〕
7 メールマガジン　8 人にすすめられて　9 講談社のサイト
10 その他 〔 〕

■ **Q2** 購入された動機を教えてください。〔複数可〕

1 著者が好き　2 気になるタイトル　3 装丁が好き
4 気になるテーマ　5 読んで面白そうだった　6 話題になっていた
7 好きなジャンルだから
8 その他 〔 〕

■ **Q3** 好きな作家を教えてください。〔複数可〕

〔 〕

■ **Q4** 今後どんなテーマの小説を読んでみたいですか。

〔 〕

住所

氏名　電話番号

ご記入いただいた個人情報は、この企画の目的以外には使用いたしません。

春美はさりげなく爆弾発言をした。すると亜子は「わたしもよ」とさらりと言う。

春美は「ん？」と首を傾げた。

「なんか変な声がしました」

春美は立ち上がり、廊下に出た。足元をさっとサビ猫が横切った。テヌーだ。百瀬がアパート時代から飼っている雌猫で、声が大きい春美を嫌って、いつも寄ってこない。でもさっき聞こえたのはテヌーの声ではない。もっともやもやした声だ。

春美は聞き耳を立てる。左奥の洋間があやしい。

「誰かいるんすか？」

亜子はそっとあとをついてきて、声をひそめて言う。

「実は昨夜遅くに百瀬さんが連れてきたの。その子が今、書斎で寝てるんだ。そのことで夜中バタバタしていて、スマホも書斎に置きっぱなしなのよ」

「まさか！　あのくるくる天パーの子ですか？」

春美は今年の二月を思い出す。この家に亜子が引っ越してきたばかりで、春美が手伝いに来ていたところ、いきなり髪の長い女性が現れて、一歳くらいの男の子を置いていったのだ。「百瀬先生には心当たりがあるはずです」と宣《のたま》って。

その子は天然パーマだった。その時当然春美は思った。

「猫弁のくせに隠し子がおった！」と。

「猫弁め！」頭に血が上った。

あとからそうではない、前に偶然喫茶店に居合わせてあずかった縁があるだけとわかったし、まあ、あのスーパーお人好しなら、そんなこともあるかもしれんと思ったし、しばらくしたらちゃんとその女が引き取りに来たのでほっとしたものの……。

春美はいまだに百瀬太郎を信用できない。悪人だとは思っていない。浮気はもちろん悪巧みなどしないという確信があるが、「悪巧みしてでも妻を幸せにする甲斐性《かいしょう》」という点では、もうもう、全く信用していない。またあの子を引き取ったのかと呆れ果てる。

亜子は「くるくる天パーではあるんだけどね」と言いながら、奥の洋間のドアをそっと開けた。

そこは百瀬の書斎だ。必要ないと言う百瀬の意見を無視して亜子が「弁護士たるもの書斎くらいないと」と用意した部屋だ。六畳に本棚ふたつと文机《ふづくえ》がひとつ。質素だが容量たっぷりのスチール製の本棚には年季の入った書物がびっしりと並んでいる。主に法律関係だ。これらすべては百瀬の愛用品である。

春美はこの部屋を初めて見た時、「猫弁の持参品を一ヵ所にまとめただけじゃない」と呆れた。ほかの部屋は亜子と彼女の両親が揃えた真新しい家具が配置されている。百瀬の古ぼけた本棚や書物はほかと調和しないので、ひと部屋に押し込まれたに違いない。

しかし本日はそこに異物がどでんとある。例の子どもではない。文机の下にぴったりとハマり込んだ巻き毛の塊。その脇には猫用トイレと猫用水入れがひとつずつ。

亜子がそっと声をかける。

「ボンちゃん」

しーんとしている。

「あの毛の塊、なんですか」と春美は問うた。

「猫なんだって。名前はボンシャンス。ボンちゃんって呼んでも、反応しないのよ」

「どこが顔なんですか」

「さあ。臆病でね、文机の下にずっとうずくまっているの」

「ずっと？」

「昨日の夜、テヌーが追いかけ回してシャーシャーってさんざん威嚇したのよ。たいへんだったの。かわいそうなので、書斎をこの子の部屋にしたのよ。閉めるとほっとするのか、ごはんもちゃんと食べてるし、水も減っているし、大丈夫みたい」

「あんなに巻き毛の猫って見たことないですけど」

「フランス生まれで血統書付きみたいよ。どんな経緯で百瀬さんが引き取ったのか聞いてないけど、持ち主に返したいんですって。純血種だから里親はすぐに見つかるだろうけど、持ち主を先に探してみるって百瀬さんは言うの」

「それまでここに下宿ですか」

「テヌーに攻撃されるとかわいそうだから閉めておくね」

「あ、ちょっと待って」

春美は文机の上にあるスマホを手に取り、亜子に渡した。

「ありがとう」

ドアを閉め、ふたりはリビングでお茶をすることにした。


春美は紅茶を飲みながら亜子に尋ねる。

「猫弁はよくあの部屋で仕事をするんですか」

「百瀬さんは仕事をうちに持ち込まない人なの」

「って事は事務所で夜遅くまでしてくるんですよね」

「そういうこと」

亜子はふーうっとため息をつく。

「わたし結婚に夢を持っていたのよ」

「知ってますよ。だから仕事で実績上げられるんですからね」

「ふふ、そうだった。わたしね、また成婚率を上げたのよ」

成果が出ているのに、亜子は寂しげだ。

「わたし仕事で成功したかったわけじゃないのよ。拾ってくれた会社で精一杯やってきただけ。仕事は好きだけど、一生やるつもりはないの。妊娠したらぎりぎりまで働いて、あとはスパッとやめるつもり」

「もったいないですね」

「春美ちゃんだって専業主婦じゃない」

「そのうち起業しますよ。亜子先輩、一緒に何かやりませんか。共同名義で起業するんです」

亜子はふふふと笑って「無理よ、わたしは」と言う。

「子育てでいっぱいいっぱいになると思う。家計のためにパートには出るだろうけど、レジとか清掃とかかな。時間でぴたっと帰れる仕事がいいの」

「夢がないですね」

「あらこれは夢よ。好きな人の子どもを産んで育てる。春美ちゃんは手に入れたけど、わたしはこれからだもの。でもねえ、結婚に抱いていたイメージは幻想だったな。好きな人と結婚するイコール一緒に日々の生活をするってことだと思ってた。一緒にご飯を食べる、寝起きも一緒、休日は一緒におでかけって思ってた」

「今時珍しいですよ、そこまでお花畑って。うちだって見てくださいよ、別居婚ですから」

「そうね。でも春美ちゃんには美亜ちゃんがいる。わたしも早く追いつきたいな」

春美は「ん?」と首を傾げた。

「なんか変な声がしました」

「また?」

亜子も耳をすませたが、「聞こえないけど」と言う。

「あ、またしました」

「ドア閉め忘れたかな？　テヌーがいじめてなきゃいいけど」

亜子は立ち上がって書斎へ行こうとしたが、春美は「違う」と止めた。

「逆です、玄関のほう、誰か来たみたい」

「玄関？　宅配便かな」

ふたりはリビングを出て、玄関へ行き、亜子が扉を開けた。

誰もいない。

「気のせいかな」と亜子が扉を閉めようとすると、春美が「待って」と言って扉をさらに開いた。すると門扉の向こうに、小さな男の子が立っているのが見える。

ふたりは驚いて門に駆け寄った。

門の外にはりつくようにして、男の子が立っている。

天然パーマ、歳は美亜より上。以前ここにあずけられた子だ。たしか小太郎《こたろう》という名前。亜子があわてて門扉を開けようとすると、男の子がよろけた。門扉の鉄棒一本をぎゅっと握りしめているのだ。

「小太郎くん、手を離して」と言ってみる。

小太郎は下を向いたまま、唇を強く嚙み締め、ますますぎゅっと握りしめた。

春美は亜子に耳打ちした。

「ママが離しちゃだめって言ったんですよ、きっと」

亜子は「いつからいたんだろ……」とささやく。

春美は「猫弁のやつ」とハラワタが煮え繰り返る。

もちろんこれは小太郎の母親が勝手にやったことだとわかっている。しかしだ。

猫弁が優しすぎるからだ。このせちがらい世の中に灯《とも》るひとすじの光。みんながみんな夜の虫のように集まってくる。その光の近くにいる亜子はどうなる？　虫に血を吸われる犠牲者は亜子だ。春美は親友の自分に何ができるか考える。虫刺されの薬を塗ってあげるくらいしか思いつかないではないか。

そうだ、式を挙げよう、と春美は決意する。思い切り立派な式を挙げよう。五十人と言わず百人呼んでやる。美亜も参加させて、盛大にやるんだ。亜子を確実に幸せにできる一日をせめて演出してあげよう。「わたしは今から七重派となり、式を成功させることを誓います！」と春美は心の中でひとり宣誓をした。

とにかく今はこの小さな命をあずかり、母親に突き返すしかない。

春美は大きな声で小太郎に言った。

「うちの中に君とそっくりな猫くんがいるんだよ！」

すると小太郎はぴくっと春美を見上げた。春美はしめたと思った。この子は猫に興味があるのだ。前に来た時だって、テヌーには心を開き、遊んでいたではないか。

「覚えてるでしょ？　テヌーもいるよ。今日はもっとでっかい猫もいる。君にそっくりで、くるくる頭なんだよ」

小太郎はつぶらな瞳を輝かせて、握りしめていた手をふわっと離した。亜子がすかさず門を開け、春美が小太郎を抱き上げる。

「うちに入って猫たちと遊ぼう。ママが来るまで」

春美は小太郎を抱いて家の中へと向かう。ぷん、と汗の匂いがする。いつからいたのだろう、この子は。春美の胸は痛む。

続いて亜子も家の中に入り、さきほどから開けっぱなしだった玄関の扉を閉めた。


テヌーはご機嫌で歩いていた。

外へ出るのは久しぶりで、あれもこれもが珍しく、新鮮な空気にうきうきしている。

さっきまでは怒っていたんだ。

昨夜遅くにやってきたぞうきん色のくるくる野郎。百瀬が連れてきたというシチュエーションが許せない。

テヌーはこれまでずっと自信満々に生きてきた。「わたしは優れている。百瀬さんに救われた特別な猫だから」という自負があった。その確かな自信がテヌーの鼻先からしっぽの先まで貫いていた。なのにぞうきん猫が現れた。

「百瀬さんが別の猫と。許せない」と怒りに震えた。「こいつは捨て猫になるべき。今すぐ出ていくべき」と徹底的に威嚇して追い出そうとした。「べき」に頭が支配されると人間もそうだがちょっと狂う。べきべき攻撃で手がつけられなくなる。ぞうきん猫はというと、素直に出て行こうとした。べきと対極にいるその猫は先住猫のテヌーと争う気はさらさらなく、「わかりました。ぼくは出て行きます」と逃げ道を探して走り回った。

ところがあの家は外へ出る隙間がない。

アパートにいた頃は自由に外へ出ることができた。狭いアパートの窓は常に少しだけ開けられていた。テヌーは昼間近所の大家のうちへ行ったり、商店街の魚屋でおさしみをもらったりしていた。

ところが新しい家は前の住人の愛犬が門の前で車に轢《ひ》かれて亡くなるといういたましい事故があったということで、百瀬はテヌーを玄関から外へ出さないようにした。しかし庭側の窓は開け、庭には出られるようにしていた。だから隣の家に遊びに行ったりもできた。

百瀬は完全室内飼いを推奨する動物愛護団体の基準とは違った考えを持っており、「自分が猫だったら土や草の上を歩きたい」と思い、テヌーを自由にさせていた。

テヌーは引っ越したばかりの頃、あの家を気に入っていた。畳も柱も爪を研ぎ易《やす》いし、庭にも出られる。初めはよかった。百瀬とふたりきりだったから。

そこへあの女が現れた。アパートでは「近所の親切な女」だったが、ひとつ屋根の下で暮らすとなると、けむったい。その女は百瀬に比べ「べきな人」で、「完全室内飼いにしましょう。玄関だけ閉めてもだめ。窓は必ず鍵付きの網戸にして、脱走防止策を講じましょう」と言い出した。百瀬はその女になぜか逆らわず服従の姿勢だ。

テヌーはでも、その女と暮らすうちに「そう悪くないかも」と思うようになった。前は大家や商店街などテヌーには広い世界があったが、完全室内となると、百瀬が帰らぬ日はひとりぼっちだ。つまらぬ女だが、いないよりはマシである。それにその女はだらしなく、整理整頓が下手くそなので、洗濯物がたたまれずに山になっていたりして、テヌーにとってはアトラクションだ。洗濯物の山にズボッと頭を突っ込んだり、わちゃわちゃ崩したりして遊ぶのにちょうどよい。

百瀬のアパートの部屋は常に乱れることなくぴしっと片付いていた。それは猫にとってあんまりおもしろくない風景なのである。

さて、女は百瀬に「窓を閉めろ、玄関を閉めろ」とやいやい言うくせに自分はうっかり玄関を開けたまま、門で何やらやっていた。その隙に外へ出るのは簡単だった。

テヌーは意気揚々と知らぬ道を歩いている。

風が香りという情報を惜しみなく差し出す。

あっちへ行けば川がある。

あっちへ行けば林がある。

テヌーは世界を広げにどんどん歩いてゆく。

第三章　脱走

「うちの事務所にホゴネコはいますか？」

　仁科七重はかりんとう状のブツをビニール袋に取りながら野呂に問いかけた。

　ここは百瀬法律事務所だ。

　弁護士の百瀬太郎は応接室で国際電話をかけており、秘書の野呂法男《のりお》は郵便物の整理中、事務員の七重は猫トイレの清掃中。そして猫たちはそれぞれに午睡を楽しんでいる。

　コピー機の上で香箱を組んでいる黒猫、本棚の上であくびをしている三毛猫、お腹を見せて正体なく眠りこけている畳の上の白猫。一階には十二匹、二階には五匹、全部で十七匹いる。

　野呂は仕事の手を止めずに、七重の質問について考える。

　ここにいるのはすべてペット訴訟の末にここへやってきた猫たちである。購入したわけでも貰ったわけでもない。ボスの百瀬は趣味で猫集めをしているのではない。引き取り手がないから「うちくる？」と受け入れたのであって、つまり保護した。いわゆる保護猫であることは自明の理だ。ゆえにボスは猫弁と呼ばれているではないか。

「保護猫はいるじゃないですか」

野呂はささやいた。アクセントも抑揚もない棒読み台詞《ぜりふ》だ。七重の無駄話にのりたくないのだ。非積極性の表明である。

事務所は以前、おんぼろビルの一階にオフィスを構えていた。そこは現在大掛かりな改修工事中で、今は同じ新宿区の閑静な住宅街にある日本家屋を間借りしている。

築七十年で、長いこと空き家だったため幽霊屋敷と呼ばれていたが、間取りはそのままに美しくリフォームした。一階は和室が三部屋あり、二部屋を開け放して事務所にしている。一部屋は応接室だ。防音性は脆弱《ぜいじゃく》だが、閉めれば個室となるし、靴を履かずに会話をするのは依頼人にもウケがいい。安らぐし、心を開きやすいと言われる。

さて、七重には野呂の「保護猫はいるじゃないですか」が聞こえなかったようだ。いや、聞いていないのが実情で、ひたすら勝手に話し続ける。

「このあいだテレビのトーク番組で、大女優さんが言ったんです。うちのホゴネコがって。繰り返し言うんです。ホゴネコがって。なんだかちょっと自慢げでした。でもね、見た目は普通の三毛猫なんです。特別な血が混じっているんですかねえ。ほかの番組でも耳にしたんです。イケメン俳優さんが言ってましたよ。ホゴネコをお迎えして生活が一変したって。彼はね、ホゴネコって発音した時、高い鼻の先っちょがぴくぴくって得意げに動いていました。その猫は真っ黒で太っていました。前にうちの事務所にいたボコにそっくりでしたよ。最近よく耳にするんです、ホゴネコって。芸能人がやたらと飼い始めたようで大流行の兆しですよ。どんな猫なのか気になりましてね、きっと高いに決まってますよ」

野呂はふうっとため息をついた。

「うちにいる猫はまあ言ってみれば全員保護猫です。保護猫というのは人に救出された、つまり保護された猫という意味ですよ。アメリカンショートヘアとか、チンチラゴールデンなどという猫の品種の名前ではないんです」

「えーっ！」

七重は素っ頓狂な声を出す。

「だって、そんな、嘘ですよ。保護された猫だなんて、そんな悲しい生い立ちをテレビでわざわざ言いますか？　なんだかもう言わずにいられないってくらい、ホゴネコホゴネコって言うんですよ。うちのタマがとか、ぼくのミーちゃんとか言わずにホゴネコホゴネコって自慢げに言うから、てっきり今ブームになっている高級な猫かと思いましたよ。見た目はここにいる子たちと変わらないけど、何かすごい秘密があるのかと思いました。たとえば歯が倍の数あるとか、胃がふたつあるとか、寿命が倍だとか、特徴があるのかと勘繰ってしまいました」

「倍ならいいってもんじゃないでしょう、歯も胃も寿命も」

そう言いながらも野呂は七重の勘の鋭さに感心している。ものを知らないということは、先入観がないということで、言ってることはめちゃくちゃっぽいが、本質を見抜いている。

「ええ、そうですよ。彼らは誇りに思っているんです。金はあるけど命を買ったりはしない。動物愛護の精神で引き取ったのだと表明しているんです。いいことじゃないですか。今はね、高価な猫を買うより、かわいそうな猫を引き取るほうが意識高い系だと思われてウケがいいんです。セレブが飼うのは保護猫か保護犬。これはイマドキの常識です。特に芸能人は人気商売ですからね、純血種なんぞ飼ってたら炎上するかもしれません」

「放火されるんですか？」

野呂はやれやれこれだから七重との会話は難しいとため息をつく。

「今はペットをお金で手に入れると、そんな人だったの？　って、後ろ指をさされたりするんです」

野呂は説明しながら、後ろ指は相手に見えないからまだマシだな、と気づいた。ＳＮＳで相手の目に触れるように誹謗《ひぼう》し、攻撃側は匿名というやり方は、物陰から石を投げるようなもので、卑怯《ひきょう》極まりない。もし芸能人の言動にムカついたら、テレビの後ろ側に回って指をさし、溜飲《りゅういん》を下げればいい。あ、でも今テレビは壁掛けタイプが多いから、後ろに回るのは難しい。テレビなら向こうからは見えないから、画面に向かって指をさし、

「ばーか」と毒づけばいい、と野呂は思う。

SNS自体が悪いのではない。権力を持たない人間にとって発言できる貴重な場だ。言論や思想の自由は守られなければならない。しかし言葉は人の命を奪うこともある。「慎重に願いたい」と野呂は切に思う。

七重はううむと首を傾げる。

「でもだって、施設で育った人をいちいち元孤児って言いますか？」

「それは言いませんね」

「うちの子は元孤児です、元孤児と暮らしてますと自慢しますか？」

「しませんね」

「うちの先生は施設育ちを自慢したりしませんよ。猫を引き取ることも自慢しません。むしろ猫弁と呼ばれることを恥じているじゃないですか。わたしは猫弁ではない、弁護士ですと訂正するじゃないですか」

「先生は別に恥じているわけではないと思いますがね。猫の案件しか引き受けないと思われたら困るんです。先生は人でも犬でも猫でも助けたいんです。自慢するような性格ではないから、イイコトしてるでしょってアピールはなさらない。でも秘書であるわたしはね、猫弁という言葉に誇りを持っていますし、うちの先生を自慢したいくらいですよ」

するとと七重は「猫を保護するなんて、自慢するようなことじゃありませんよ」と切り返す。

「猫が感謝してますか？　自由に生きたいでしょうよ。猫と暮らして幸せ感じるのは人間のほうなんですから」

本棚の上の三毛猫が賛意を示すようににゃーう、と鳴いた。

七重はほうらね、というふうに野呂を見た。

「保護猫なんてこの世にいません。猫は猫です」

七重はイイコトヲイッタと自慢げな顔で、野呂はハイハイソノトーリと降参するしかなかった。

百瀬が応接室から出てきて、デスクに戻った。

どうやら国際電話は終わったようだ。野呂は百瀬の表情を窺《うかが》ったが、そこからは何の情報も得られない。百瀬は感情を表に出す人間ではない。

野呂は毎朝ラジオニュースを聞きながら出勤する。今朝のニュースでＡＭＩ《アミ》が海外で話題になっていることを知った。

ＡＭＩ。正式名称は『Association of Mathematical Intelligence』、表向きはアメリカの複合大学の数理情報機関だが、実は犯罪組織だ。

ニュースでは詳細はわからず、何があったのだろうと思いながら事務所に到着すると、すでに百瀬がいて、神妙な顔でインターネットの国際ニュースを聞いていた。それはあいにく英語で、ＡＭＩという単語は聞き取れたが、野呂にはそれ以上のことはわからなかった。ニュースが別の話題になったタイミングで百瀬に尋ねると、「ユリ・ボーンが動画サイトで内部告発をしたようです」と言った。

ユリ・ボーン！

野呂の脳裏に赤毛の青年の笑顔が浮かんだ。かつて彼はここに百瀬の弟と自称して入り込み、愛想を振り撒《ふま》いた挙げ句、百瀬のアパートにも上がって飯を食い、盗聴器を仕掛けて行った。

マスコミに「魔女裁判」と騒がれた強制起訴裁判。百瀬の母が国際スパイとして被告となった。ユリ・ボーンは彼女の弁護士だったのだ。

百瀬の母はアメリカの大学で研究室を持つ優秀な数学者であり、知的犯罪組織ＡＭＩに取り込まれてスパイとして活動していた。

百瀬は指定弁護士として法廷に立ち、ユリ・ボーンと対決した。ＡＭＩから派遣されたユリ・ボーンは無罪を立証しようとする。対する百瀬は母の罪を徹底的に調べ上げ、結果、三年の禁固刑を勝ち取った。

無罪放免となれば、再び母はＡＭＩに取り込まれ、消される危険もあった。おそらく百瀬の母はＡＭＩを抜けるためにあえて日本で逮捕されたのだ。

そして息子である百瀬が母を救った。

かつて息子を組織から守るために手放した母を今度は息子が守ったのだ。

野呂がそのことに気づいたのは裁判からずいぶん経ったあとで、百瀬からは何も聞いてはいない。こちらから聞くこともない。

野呂は長年百瀬の秘書として働いてきたし、最も近くで百瀬を見てきた人間だという自負はあるが、ずっと距離を感じているし、その距離が縮まることはない。

まず、能力の差。そして精神力の差。近くにいるからこそ思い知るので、そのぶん遠慮がある。百瀬の人生にずかずかと土足で入り込んでしまえないのだ。

そのことを「家族じゃないからしかたない」と考えたこともあったが、実はそうではなく、「大切過ぎる」からだ。野呂はいつも百瀬を大切に思い、仰ぎ見ている。だからこそ踏み込めないのだ。

百瀬の母は今、金沢刑務所にいて高い塀に守られている。刑期満了まであと一年半ある。

七重が仮釈放だなんだと騒いでいたが、身内である百瀬が身元引受人にならない限り無理である。七重は「わたしが引受人になる。太郎ママもよろしくと言った」などとしたり顔だが、そんなことを裁判所が認めるはずがない。

野呂はさすがに七重よりは司法に詳しい。百瀬の母は満期まで刑務所にいる。七重が百瀬に内緒で結婚式を企てていることは知っているが、それを百瀬にチクったりはしない。若いふたりの晴れ姿は野呂だって見てみたい。母親抜きで挙げてしまえばいいと思っている。準備を進めておけば、母親の仮釈放が叶《かな》わなくても、「ここまできたらやろう」となるだろう。

このたびのユリ・ボーンの内部告発で危険にさらされるのはユリ・ボーン自身であり、

百瀬の母に危険は及ばないはずである。しかしさすがに百瀬は気になるのだろう、ニュースを聞いたあと、「国際電話をかけるので、応接室を使います」としばらくこもっていた。事務所でかけると七重がうるさいので、こもったのだろう。

いったいどこへかけたのだろう？　知りたいことの答えは出たのだろうか。

野呂は「どうでしたか」と聞くことはできない。百瀬の母に関することは、センシティブな話題なので、触れるのは憚《はばか》られる。

郵便物のチェックを終えた野呂は、ためてしまった経理事務にとりかかる。心の中では「無心になれ、無心に」と自分に言い聞かせる。

ところが七重は傍若無人だ。

「先生、国際電話って、どこにかけたんですか」

野呂はぎくっとしたが、心の中で「いいぞ、そして答えは？」と聞き耳を立てた。ところが残念なことに七重は相手の答えを待たずにしゃべる。

「ハワイのホテルですか」

野呂も百瀬も「え？」と同時に顔を見合わせた。

互いに「何の話？」「いいえ、知りません」と目で会話する。

七重はかまわずひとりでしゃべる。

「新婚旅行にはハワイがぴったりですよ。とにかくハワイです。それ以外は考えられません。泳ぎに自信がなくても心配御無用。ただ行くだけでいいんです。ハワイに到着したら、体が軽くなってスキップしちゃうし、ハナウタが出ますよ。水着なんて要りません。向こうで買えるんです。ＡＢＣストアで買えます。買った水着をお土産にすればいいんです。記念になりますよ。でも半ズボンはあったほうがいいですし、ビーチサンダルも持って行くべきですね。なんなら買うの手伝いますよ。みつくろってさしあげます」

野呂は無視することにした。下手に相槌でも打つと、打てば響くようにおしゃべりが続いてしまうからだ。しかしふと疑問が頭に浮かぶ。七重がハワイを語るなんて意外過ぎる。ツアーで行った経験があるのだろうか。それとも新婚旅行で行ったのだろうか。

「行かれたことがあるんですか？」と百瀬は言った。

野呂はあーあ、話が長くなるのにと呆れつつも、真相は気になるので聞き耳を立てた。

七重は得意げにしゃべる。

「いとこのちーちゃんでしょ、幼馴染みのマサちゃんでしょ、ママ友たちだって新婚旅行はハワイです。みーんな口を揃えて言いますよ。行くだけでウキウキするって。わたしはその話を聞くだけでウキウキしますよ」

「えっ、七重さんは行ったことないんですか？」

ついに野呂も口をすべらせてしまった。だってまるで行ってきたようにしゃべっていたからだ。すると七重は「なんですかそんな。人を馬鹿にしたみたいに」とぷんぷんだ。

「ハワイに行ったことがないって、そんなに変ですかっ？」

野呂はあわてて首を横に振る。

「まさか。わたしも行ったことありません」

「わたしもないです」と百瀬も言った。

七重は「ほらね」と勝ち誇ったように言う。

野呂と百瀬は再び顔を見合わせた。何がほらね？

七重はしゃべり続ける。

「ハワイはね、幸せの象徴なんです。この事務所で誰も行ったことがないなんていけません。幸せから遠い事務所みたいじゃないですか。誰かが行くべきです。それにはほら、新婚旅行に百瀬先生が行くのがちょうどいい。お土産はアカデミーチョコをお願いします」

「マカデミアナッツチョコレートのことですね」と野呂が訂正した。

百瀬は「旅行の予定はありません」と言った。そして仕事に入るべく、パソコンのキーを叩き始める。

「じゃあどこへかけたんです？　国際電話」と七重がしつこく尋ねる。

百瀬はキーを叩きながら「パリです」と言う。

「パリ？」

七重はぴょんっと飛び上がった。

「オーシャンゼリーゼ通りですか！」

「シャンゼリゼ通り、です」と野呂が正すが、七重の心はもうパリだ。

「新婚旅行にパリとは豪勢ですね。石畳を歩くときは下を向いて、ですよ。犬の糞《ふん》があっちゃこっちゃにころがってるって噂《うわさ》です」

「最近では罰金制度ができて、だいぶ綺麗になっていると聞きますよ」と野呂は聞きかじりの知識を披露するが、行ったことがないので自信はない。

「パリにはいつ行くんです？」と七重は百瀬に尋ねる。

百瀬は「旅行の予定はありません」と同じ言葉を繰り返した。

二度言うとさすがに通じるようで、七重はつまらなそうに「やれやれ」と言いながら二階へ上がっていった。鈴木晴人がまこと動物病院で働くようになって、二階の猫トイレの掃除も七重がしなければならない。

野呂は、商店街の福引きの件だと理解した。

着手金も報酬金もなく、昔の教え子の悩みを聞いただけという話で、事務所の仕事とは言えないから、「こちらでなんとかしますので」と百瀬は言っていた。

突如ひなた商店街で行われた福引き。ミステリーくじという奇妙な催しで、景品は猫。命を金でやりとりすることすら憚られる昨今、福引きの景品で命を送りつける暴挙。しかもマイクロチップ入りのセルカーク・レックス、持ち主はパリ在住という不思議。野呂はこの事件に興味津々である。

「先生、持ち主のモリー・ミッツさんと連絡が取れましたか？」

百瀬は「いいえ」と言う。

「連絡先に電話をしてみましたがつながりません。電話番号は契約解除されていました。

住所はパリのアパートメントです。メールアドレスは無効ではないようで、送信したメールは弾《はじ》き返《かえ》されてはきませんでした」

「返信は？」

「まだです。わたしのフランス語がつたないために読み取れないのかもしれないし、迷惑メールと思われたかもしれません。モリー・ミツさんはフランス在住のブリーダーかもしれない。連絡がついても今回の件に関わっているとは限りません」

「どういうことですか」

「ブリーダーは商売ですから、すでにセルカーク・レックスは別の人に売ってしまって、マイクロチップの情報を書き換え忘れたのかもしれません」

「書き換え忘れるってことありますか？」

「書き換える手続きは通常新しい飼い主がするんです。料金も発生します。ブリーダーじゃないなら手続きはルーズになりがちです。日本でもそうです。マイクロチップの情報が古いままなのはよくあることです。でもその情報でブリーダーをつきとめれば、誰に売ったかがわかるので、迷子猫が飼い主に戻るのに役に立ちます」

　野呂は「なるほど」と言う。

「マイクロチップは便利ですね。でもなんか……ぞわぞわします。わたしなんぞ昔の人間ですから、人工物を体に入れるってその……抵抗がありますけどね」

「入れる時は注射器を刺すのでチクッとしますが、入れたあとは犬猫に違和感はないと聞いています」

「でもそれ獣医が言ってるんですよね。猫のいいぶんではないですよね」

「それはそうですね」

「テヌーちゃんに入れました？」

「あの子は……入れていません」

「今、セルカーク・レックスは先生のうちですよね」

「はい」

「テヌーちゃんとうまくいってます？」

百瀬はふうっとため息をつき、頭を横に振る。

「テヌーが攻撃的になっています。テヌーはほかの猫と暮らすのが苦手なようで、以前野呂さんたちに事務所であずかっていただいた時も食欲が落ちて、結局大福さんのご実家にあずかってもらうことになりましたよね」

野呂は「そうでしたね」とうなずいた。

「テヌーちゃんは生まれた時から百瀬先生やご近所の人たちにかわいがられて育ったので、人には慣れているけど、猫には慣れていないのかもしれません。自分を猫だと思ってないのかもしれませんね。セルカーク・レックスは珍しい種だから、里親はすぐに見つかるんじゃないですか」

「貰い手を見つけるのはまだ早いと思うんです。引っかかるんですよ。誰がどういう目的でノハラ精肉店に送りつけたのか。セルカーク・レックスを持て余して捨てたという推測が妥当かどうか。セルカーク・レックスの幸せを願って鮎太くんに託したのかもしれません」

「送り状には福としか書いてなかったんですよね」

「ええ、まあ、福引きの福という字を使っただけだと思います。その人は何か事情があって、あの猫を育てられなくなった。だとしたら、その事情を解決すれば一緒に暮らせるかもしれない。そこをはっきりさせたいんです。ペットタクシーからたどってみようと思います」

野呂は心の中で「どうせ捨てたんですよ」とつぶやいた。ガラポンなんぞで送り先を決めるなんて、ろくな人間ではないと考えるのが普通だ。ボスはあいかわらず人の中に善を見ようとする。

しかしだからこそ、百瀬は百瀬なのだとも言える。七歳で施設にあずけられたら母親を恨みそうなものを、「わたしのことを思って手放したのだ」と信じることができて、誰よりも優しい大人になった。そして実際に彼が信じた内容は真実だったのだ。

それでも野呂は思う。百瀬とその母親が特別なのであって、セルカーク・レックスは「きっと普通に捨てられたのだ」と。

事務所の電話が鳴り、百瀬がとった。

「はい、ええ、百瀬はわたしですが……ええ……あ……お久しぶりです……はい、はい」

淡々と対応していたが、わりと早くに電話は切れた。

百瀬が腑《ふ》に落ちない顔をしているので、野呂は尋ねた。

「どちらからですか？」

「柊木真弓《ひいらぎまゆみ》さんからです」

「柊木さん？　依頼人にいましたっけ？」

「いいえ……前にお子さんをあずかったことがある女性です」

七重がいつの間にか二階から戻っていて、「小太郎くんのママですか」と口を出す。

「彼女が先生になんだっていうんです」と七重はずけずけと聞く。

百瀬は当惑した顔でつぶやく。

「今空港で、これからイスタンブールに行くとおっしゃって……しばらく帰らないから……よろしくと」

「よろしくって何をですか？」

「わかりません」

百瀬はふと、デスクに置きっぱなしのスマホを見た。ＬＩＮＥの着歴がずらりとある。タップすると、亜子から立て続けに連絡が入っていた。

「小太郎くんがうちにいます」

「ボンちゃんと遊んでいます」

「小太郎くんのおかあさんから連絡もらってますか」

「いつ迎えにくるかだけでもわかったら教えてください」

しばらく時間を置いたのちにまた連絡が入っている。

「テヌーが見当たりません」

「脱走したかもしれません」

「小太郎くんがいるので捜しに行けません」

「ごめんなさい」

百瀬は立ち上がり、「いったん家に帰ります」と言って事務所を飛び出した。


三人はタクシーから降りて細い山道を踏みしめる。

奥多摩の気温は都市部より五度も低く、肌寒さを感じる。

何十年も積もり続けた落ち葉が腐葉土となって、靴の裏の感触がふわふわとやわらかい。ゆるやかな上り坂で、気力と体力が必要だ。しだいに汗ばんでくる。

寒川瑞江《みずえ》がここを歩くのは二度目だ。以前はパートナーと歩いた。

今は前方に正水直、後ろには沢村透明。道が狭いので三人は縦一列になって歩いてゆく。

直は健脚でどんどん先をゆくが、沢村は体力がなく、見えなくなるほど遅れがちだ。寒川はというと、黙々と歩きながら前回の訪問を思い出していた。

あの時タクシーの運転手に「これ以上車は入れないです」と言われて荷物とともに降ろされた。その先には細い山道がゆるゆると続いていた。今歩いているのと同じ道だけれども、もっと明るく見えた。わが家へ続く希望の道だと思っていたからだ。

舗装されていないので大型スーツケースをころがすのは難しく、途中で放置した。人が通るはずもなく、盗まれる心配はない。荷物はあとから運ぶことにして、まずはパートナーとともにわが家へと向かったのだ。

坂道を登り切るとすぐに家が見えた。美しい緑に囲まれ、近くに小川が流れていて、家はひとつしかなかった。木造のしっかりとした造りで、たたずまいがあたたかい。無駄のないデザインだ。画像で見たよりも美しく見えた。周囲の緑に調和して、絵本の中の家みたいだった。

ただ、少し変だなと思った。カーテンは半開きで、空き家らしくない。不動産を管理する人が風を通してくれたのだろうかと考えた。すると玄関の扉がいきなり開き、おじいさんと犬が現れた。

寒川は驚いたが、むこうも驚いたようで、「トイレかい？」と言った。ハイキングに訪れた人がトイレを借りにくることがあるのだろうか。「このあたりに他に家はありませんか」と尋ねたら、「こんな辺鄙《へんぴ》なところに家をこしらえるのは俺くらいだべさ」と笑った。引っ越す予定はと尋ねたら、不思議そうな顔をして、じき俺もこいつも死ぬ。それまでふたりで暮らすべよと散歩に行ってしまった。

あの時は言い出せなかったが、今日は真実を伝えに行く。家はもうあなたのものではない、わたしのものです、と。

沢村と直のふたりが話をつけに行く予定だったが、急遽《きゅうきょ》、寒川もついて行くことにした。家の中を見てみたかったのだ。自分の家だ。見る権利はある。

中を見て幻滅したら契約を取り消して金を回収し、名義を元に戻す。素敵だったら権利証を盾に住人に出て行ってもらい、自分のものにしようと考えた。

さて今日も同じように坂を登り切ると、家が見えた。やはりしみじみと良い。

「感じがいい家ですね」と直は言う。

寒川は何も言わなかった。

「いい家だから住みたいですね。お金を払ったんですしね。でもいい家だからこそ相手に言いにくい……ですよね」

寒川はハッとした。まさにその通り。それで気が重いのだ。

ナイアガラの滝で待ち合わせた時、まず沢村のルックスに驚いた。あまりに美しいので「得した、眼福だ」と思った。寒川は少女の頃から「男は見た目が一番」と思っていて、まあそれゆえに、痛い目に遭い続けた。「見た目がいい男は女を幸せにできない」と身をもって学んだが、それでも面食いというのは性分なので、「男は見た目が一番ではないが、いいほうがいい」と今も思っている。

一方、学生みたいな正水直がアシスタントというのは不安だった。あまりにも若い。しかし実際に話をしてみると、こちらの気持ちを理解してくれるのは直のほうで、すごく話しやすいし、こちらの思いをわかろうとしてくれる。比べ沢村は……まともに話を聞いているのか、相槌すら打たないし、何を考えているのかわからない。その上体力もなく、まだ坂をえっちらおっちら歩いている。「見た目は二の次、いや三の次だな」と寒川は肝に銘じた。

沢村が登り切るのを待って、三人は家へ近づいた。そして直が呼び鈴を押した。

おじいさんは家にいて、三人を中に入れてくれた。

直が「お話があります」と言っただけで、リビングに通してくれたので、寒川はほっとした。こんな寂しいところを選んで住んでいるのだから、偏屈なところがあるのではと身構えていたが、むしろ人恋しいふうにも見えた。

木の香りがする家である。陽《ひ》がよく入り、家にいながらにしてひなたぼっこをしているようなものだ。暖房などなくてもじゅうぶんあたたかい。奥多摩は紅葉が始まりかけていて、外はすっかり秋めいている。

リビングのすみに犬が伏せていた。人が来てもものおじせず、伏せたまま軽く尾を振っている。都心の街でよく見かけるぬいぐるみのような犬と違い、さまざまな血が混じっているであろう中型犬である。

寒川は無言で室内をじろじろと見回した。ここに住めたら、と思う。前よりもいっそう強くそう思った。住みたい、住まねばならないと。

おじいさんは「ちょうど口切茶《くちきりちゃ》があるんだ」と言って、三人に緑茶をいれてくれた。

「口切茶って……何ですか」と直がつぶやくと、沢村が「八十八夜で摘んだ茶葉を茶壺《ちゃつぼ》に入れて保存しておくんだ。夏を越して熟成した茶葉は新茶より風味が増す」と言う。

おじいさんはにこにこして「お若いのにお茶に詳しいんだな」と言った。

「飲んだことはない」と沢村は言う。

ひきこもっていた間に気が遠くなるほどの書物を読んだので、沢村の知識は辞書のように豊富だ。そのかわり経験は園児のように乏しい。そのことを寒川は知らないので、「このひと体力はないけど頭はいいんだな」と心強く感じた。

なにせ目の前の老人をすみやかに追い出してもらわねばならない。

寒川は出されたお茶をひとくち含んだ。香りが深く、幸せが広がるような気がした。

直は口に出して「おいしいです」と言った。

「お茶をおいしくいれられるって、なんだかいいですね」と言って、にっこりと笑った。

するとおじいさんもにっこりと笑った。

寒川は不安になった。目の前の老人をちゃんと追い出してくれるだろうか。

直は急に気を引き締めるように唇をきゅっとかみ、きりっとした目でおじいさんを見て、「今日わたしどもがここへきた理由を説明します」と言った。

そして、そうした。権利証の写しも見せた。おだやかなしゃべり方だが、事実をしっかりと説明した。

おじいさんはぽかんと口を開けて、ただただ聞いていた。


おじいさんの名は雫石甚五郎《しずくいしじんごろう》、七十七歳である。

話を聞き終えると、雫石は目をぱちぱちさせて言う。

「この家はあんたさんの家で、俺と六郎《ろくろう》はあんたさんの家で暮らしてるってことかい？」

あんたさんと発音する時に、寒川を見た。

寒川はいたたまれずに目を逸《そ》らし、外を眺めた。窓から見えるのは美しい緑に混じる黄色や赤の葉っぱたちだ。もうじきこのあたりは華やかに彩られるだろう。三百六十五日うつろう景色。描きたい。絵を描きたい。タペストリーや絵画など要らぬ家だ。絵など必要ない。でも描きたい。描きながら暮らしたい。

寒川が何も言わないので、沢村が言った。

「そういうことになります」

雫石は「そうかい……」と言ってふううっとため息をついた。

雫石の反応に三人はとまどっている。やけに静かだ。

ふと、寒川は気づいた。

ショックが大きいと、言葉を失うものだと。自分もそうだった。前回この家の前で雫石と犬を見た時、呆然《ぼうぜん》としてしまい、入居をあきらめてしまったではないか。

雫石はいたわるように寒川に話しかける。

「あんたさん、引っ越してきなさったんに、俺たちがいたから、入れんかったかね」

寒川は目を合わせられず、うつむいた。

「しったら俺、出ていかねばならんしなあ……」

雫石は顔をしわくちゃにして、こぶしで頭を軽くとんとんと叩いた。困った時に人のせいにしないタイプの人間なのだ。

寒川が何も言えずにいると、直が話を続けた。

「六郎って、犬の名前ですか?」

雫石は犬を見て目を細めた。

「ああ。十五年も俺の相棒だもんな」

直は沢村に言う。

「雫石さんはどこへ転居したらいいでしょう。動物と高齢者の組み合わせだと賃貸は難しそうですね」

寒川は嫌な気持ちになった。このふたりはわたしのことだけを考えるべきではないか?雫石の行く末は雫石と親族が考えることじゃないか?

沢村は言う。

「雫石さんは財物を奪われたことになる。それが事実なら詐欺罪で訴えることができる」

寒川はぎょっとした。

「わたしをですか？」

すると沢村はうんざりした顔で寒川を見た。

「あなたじゃないってこのあいだぼく言いましたよね。福引きをした男ですよ」

顔が綺麗な男からキツい言い方をされて寒川は傷つき、何も言えなくなった。

沢村は追い討ちをかけるように、「ちょっとあんたは黙ってて」と言い、雫石に話しかけた。

「登記簿でも確認しましたがこの家は雫石さんのものだったんですよね」

「ああ、五年前に俺が建てた」

「ハウスメーカーはどちらですか？」

「俺が五年前に建てたんだべさ」

「それはわかっていますが、お金の流れや契約内容を確認したいので、どこの建設会社に建ててもらったのかを知りたいんです」

「自分で建てたんだ。俺、大工だから」

「自分で？」

「ああ、ここらへん先祖から引き継いだ土地だあ。けんど人が住めるような土地じゃなかったべさ。その一部を開拓してな、木ぃ伐《き》ってよ、その木を寝かせてな、一本一本整えてよ、この家建てたんだ。水道とガスと電気を引くのにはゼニコかかったけど、家は自分で建てたべさ。十年前からこつこつやって、五年前にやっと住めるようになった。まんだちょいちょい直しながら住んでる」

寒川は「まだ完成してないんですか」と尋ねた。

「じゅうぶん暮らせるっぺ」

「でも直してるって」

「家は成長するんだ。人と同じだ。手をかければ仲良くなれる。俺、家とは友だちだかんな。ほったらかせばそれはそれでなんとかなっぺ。こいつはえらい暮らしやすい家だかんな。あんた、いい家を当てたな」

雫石は寒川を見てにっこり笑った。どうして笑えるのか、寒川には理解できない。

沢村は「奥森を訴えるかな」と直に言った。

このふたりはどんどん自分から離れて雫石派になってゆくと寒川は感じた。でも沢村からキツく当たられるのが怖くて、何も言えない。もう傷つきたくない。自分はすでに満身創痍《そうい》なのだから。

直が異論をとなえた。

「利益相反になりませんか。奥森と寒川さんの売買契約が無効になったら、寒川さんはここには住めないし、土地代が戻ってきたとしても……かかったお金、弁護士料とか、出ていくお金の方が大きくなりませんか」

沢村は「そうはしない」と言った。

「ぼくらの依頼人は寒川さんだ。寒川さんの希望通り、この家に住めるようにする」

それを聞いてひとまず寒川はほっとした。キツい言い方をするからといって敵になったわけではないようだ。

沢村は説明をした。

「雫石さんは勝手に奥森が売ってしまった土地代を奥森に請求する。家にかかった金は平均価格で算出して、それも奥森に弁償させる。まあでも、同じ弁護士が同時にやると利益相反を問われる場合があるので、雫石さんには別の弁護士を紹介しよう」

「だったら百瀬先生に頼んでみましょうか」と直は言った。

沢村はうん、とうなずき、「雫石さん、奥森を訴え、金を請求しましょう。それには被害届を出すなど手続きが必要ですから、弁護士を紹介します」と言った。

寒川はなるほどそういうことなら、自分も罪悪感なくここに住めるし、いい考えだと思った。でも雫石はよくわからないようで、首を傾げた。

沢村はさらに説明を続ける。

「警察が奥森を見つけられるかどうかは極めて疑問だ。被害届を受理しても、ほったらかす可能性が高い。警察はそういうものだ。まずこちらで奥森は何者か、雫石さんの情報をよく知っている人の中にいないか、探ってみなくてはいけない」

寒川は再び不安になった。いつ出て行ってくれるか、そこをまず進めてくれないかと思った。雫石が訴える案件はその百瀬という弁護士がやるだろうし、自分は沢村の事務所に着手金を払った。そのぶんふたりは寒川のためだけに働くべきだと考えた。

沢村は寒川を見て、「奥森がどんなやつだったか、思い出してください」と言う。

寒川はそんなことどうでもいいと思ったが、沢村の美しい目で見つめられると、答えねばと思ってしまう、女の性《さが》が悲しい。

「歳は四十代か五十代で、スーツを着ていました。だから住宅展示場のスタッフだと思ったんです。顔はなんていうかこう、あんまり特徴がなくて……えっと……すみません、何か書くものがあったら……」

すると雫石がやや黄ばんだノートと鉛筆を持ってきた。

「うしろのほう、使ってないから」という。

寒川はそのノートを開いた。それはこの家をこしらえる際の図面だった。考え考え図面を引いたようで、試行錯誤のあとがある。冒頭の数ページは煙草臭かったが、途中からは匂わない。禁煙したのだろう。最後の数ページは白紙だ。

寒川は白紙のページを開き、記憶を頼りに奥森の似顔絵を描いた。

「寒川さん、じょうずですね」と直は言う。

「絵の学校とか行かれたんですか？」

寒川は答えずにもくもくと描き続けた。自分を騙した奥森の顔は一生忘れない。

いわゆるデッサンの手法で、写実的な絵ができあがってゆく。似顔絵というより肖像画だ。奥森の胸から上の描写で、顔はたしかに特徴がなく、目を引くのは左手だ。小指と薬指がない。

「奥森ってひと、暴力団関係者でしょうか」と直がつぶやく。

寒川は絵を仕上げて三人に見せた。

「今思うとそうかも。わたし書類のやりとりの時に気づいて、つい目がいってしまって。するると、子どもの頃事故でって言ってました」

沢村は絵に感心し、「これなら写真みたいに使えそうだ」と言い、雫石に「知り合いに心当たりはないですか」と尋ねた。

雫石はこわばった顔を横に振った。

沢村は絵をスマホのカメラで写そうとした。すると雫石はノートを取り上げ、そのページを破り、小さく折りたたんでポケットに入れてしまった。

「どうしたんですかっ」と直は叫んだ。

雫石の顔からはすっかり笑顔が消え、思い詰めたようにぽつりと言う。

「なるべく早く出て行くから」

その場がしいんとした。

「訴えるつもりないから……その弁護士さんとか要らないから……」

雫石の弱々しい声だけがあたたかい家にぽつんぽつんと浮かんだ。三人はその言葉の真意をつかむことができなかった。

直がやっと言葉を見つけた。

「弁護士費用は心配ないですよ。奥森が払う金から捻出できますから」

雫石は首を横に振る。

「やめてくれ……指がないからってやくざもんなんて言わんでくれ……」

雫石は顔をくしゃりとさせて、我慢ならないというふうに話す。

「息子だ。俺の息子だ。こんまい時に仕事場に遊びに来て、ちっこい指を切断しちまったんだ。痛くてわんわん泣いてた。俺、あいつの指拾ってさ、あいつを抱いて山を駆け降りて病院さ行ったけど、ひっつかんかった。ひっつかんかったよう……」

雫石はぽろぽろと涙を流しながら絞り出すように話す。

「目を離した俺の責任だ。かみさんはあいつを連れて出て行った。俺、ほっとした。もうあいつとおらんで済む、怪我《けが》させせんで済むと思ってな」

三人はひと言も聞きもらすまいと耳を傾ける。

「俺、あいつを育てられんかったけど、あいつにいい家を残したくてな。勝手かもしれんが、とうちゃん、こういう家を作れる大工だったんだって言いたくてな、最高の家をこしらえた。住んでくれなんて思ってない。一度でいい、見て欲しかったんだ。だからあいつに権利証を送った。あんたさん、家の写真見せられたんだろ？　あいつ、いつのまに見に来たんかな。俺、うれしい。見に来てくれてうれしい」

雫石は涙を拭い、微笑んだ。

「もういいんだ、それで。俺も六郎もじき死ぬ。だからこの家はもうすぐあいつのもんだ。あいつが自分の家を売ったってかまわんだろ。あいつを責めないでくれ」


帰りのタクシーの中で、直は言った。

「雫石さんは一ヵ月以内に出て行くとおっしゃった。寒川さんはそれまでどうしますか？ホテルに戻りますか？」

「…………」

「わたしのアパートの部屋、狭いんですけど、お客様用の布団があるんです。前にお隣に住んでいた人からいただいたんです。ふかふかですよ。しばらくうちにいらしてはどうですか」

寒川は疲れが出たのだろう、眠ってしまっている。

直は助手席の沢村にささやく。

「雫石さん、行くとこ見つかりますかね」

「作業用の小屋が近くにあるって言ってたから、そこへ移るんじゃないか」

「小屋なんて寒いんじゃ。高齢だしこの冬の寒さに耐えられるでしょうか」

「どのみちあの人はもう先がない」

「え？」

「薬袋があった。心臓の薬」

「心臓……」

「三ヵ月前の日付だった。通院やめちまったんだ。あそこから通うのたいへんだしな」

「病院の近くのアパートを探して紹介しましょうか」

「犬はどうする？」

「そっか……」

「犬もじいさんも作業小屋が終《つい》のすみかになる」

「ちょっと待って、そんな言い方」

「別に不幸じゃない」

そう言って沢村は目を瞑《つぶ》った。そのあと何を話しかけても返事をしない。体力の限界なのだろう、眠ってしまったようだ。

これを機にひとりの老人が寿命を縮めるなんて……あってはならない。

自分の手で建てた家に住めなくなる……そんな不条理があってはならない。

いつか息子が訪ねて来るかもしれない。そんなかすかな望みを胸に秘めて、彼はあの家に暮らしていたのではないか……直にはそう思えるのだった。

こぢんまりとした看板には『ペッタクゆる』と書いてある。

いかにもペット専門のタクシー会社らしく、クリーム色の外壁にところどころピンク色の肉球のアイコンが描かれている。建物の脇には屋根付きのガレージがあり、黄色い車両が二台並んでいる。大きなミニバンと中型のワゴン車で、ナンバープレートは事業用車両の証《あかし》であるグリーンだ。あと一台分のスペースがあり、お客様用と書いてある。稼働中の車はないようだ。

百瀬が店に入ると、「いらっしゃいませ」とやわらかな声がした。

店長は頭頂部がつるっとした中年男で、「すぐにご利用可能です。行き先はどちらまで？」と人懐こい笑顔で歓迎してくれた。客と間違えたようだ。

百瀬は申し訳ない気持ちで「先ほどお電話させていただいた弁護士の百瀬です」と言った。店長は「えっ」と驚いた顔で百瀬をじろじろと見た。

百瀬は右手に七キロの猫が入ったキャリーを提げており、左手で小太郎と手をつないでいる。子どもとペットを連れた客に見えるのも道理だ。

「事情があって、今日は子どもを連れて仕事をしています。この子は猫と一緒だと落ち着くので、猫も一緒に連れて歩いているんです」

「ほほう……子どもを連れてお仕事ですか。いまどきのイクメンはたいへんですね」

「わたしの子ではなくて……ちょっとだけあずかっているんです」

店長は「え？　でも」とくせ毛を見比べて、とまどった顔をした。親子にしか見えないよく似たくせ毛なのだ。しかもキャリーの中まで巻き毛だ。

百瀬は小太郎に話しかける。

「おじさんはちっともたいへんじゃないよ。小太郎くんと一緒にいられて楽しいんだ。ついてきてくれてありがとう」

小太郎は百瀬をじっと見上げて、まばたきをした。

百瀬は店長にささやく。

「お仕事の邪魔にならないようにしますので、すみませんがよろしくお願いします」

予約の電話が入ったら話を中断するという条件で店長は聞き込みに応じてくれた。優しい人で、百瀬の話を聞きながらも、小太郎に椅子とオレンジジュースを出してくれた。そしてキャリーを覗き込んだ。

「ええ、この猫ちゃんを運んだのはうちのタクシーです」

店長はパソコンで日付を確かめた。

「たしかにその日わたしが運転してノハラ精肉店さんにお届けしました」

まさかこんなことになっているとは、と店長は顔を曇らせた。

「野原さんがとまどっていたのは……なんとなくですが……わかってはいたんです」

「そうなんですか」

「でも、そういうことは珍しくないので、あまり気に留めなかったんです」

「珍しくないというと？」

「たとえばですけど、ある奥さまが歌舞伎を見ようと銀座へおでかけする。早く着きすぎたのでふらっと近くのペットショップに寄ったら、ものすごく綺麗な猫がいた。ひとめぼれした奥さまはその猫をカードで購入して、運ぶのはたいへんだからとうちのタクシーを呼ぶんです。あ、ペットショップさんには時々挨拶回りさせていただいているので、うちの会社をお客様に紹介してくださるんですよ」

「なるほど」

「で、奥さまはわたしに家まで届けるようにとおっしゃる」

「人間が同乗しない場合、支払いはどうなります？」

「前金でいただくか、あとで請求書を送らせていただきます」

「なるほど」

「奥さまご自身はその後歌舞伎をご覧になって、おともだちとお食事会にでも行かれたのでしょう。そろそろお帰りになっているかなとだいぶ時間を空けてわたしが猫をご自宅へお届けしたところ、事情を知らない旦那さまだけしかいらっしゃらなくて、ものすごくびっくりされた。これは実際あった話です。あとはそうですね、お孫さんへの誕生日プレゼントに送りつけて、息子さん夫婦に受取拒否されるとか。お孫さんが猫アレルギーだったんですよ」

「なかなかたいへんですねえ」

「うちは依頼を全うするのが仕事ですので、受取拒否の申し出がない限り、置いてきてしまうんです。それでクレームがきたことは今のところありません。そうですか、この猫ちゃん、野原さんのおたくでは飼えないんですね。かわいそうなことをしました。猫ちゃん、ごめんなさい」

キャリーの中のボンシャンスはふわあーと大きな口を開けてあくびをした。

店長は「かわいいですねえ」とにっこりと笑う。

「よかったら、話が終わるまでいったん向こうに移しますか?」

店長は店の奥のカーテンを開けた。すると人間の身長ほどもあるケージが置いてある。二段の棚板がついており、上下の運動も可能だし、小型の猫トイレも付いている。

ペットタクシー会社にこんな設備があるなんてと、百瀬は感心した。

「使わせていただいていいんですか?」

店長はうなずき、「わたしにも責任がありますからね」と言いながら、自らキャリーを運び、ボンシャンスを移してくれた。

さすがペットタクシーの会社経営者兼店長兼運転手だ。猫の扱いも慣れたもので、ボンシャンスはおとなしく抱かれ、素直にケージへ入って行った。しばらく匂いを嗅ぎ回っていたが、猫トイレに入ってさっそく用を足した。自分の匂いがついてほっとしたのだろう、棚板へ上がって、悠々とこちらを見ている。巻き毛にぶどう色の瞳。個性的で、奇妙な美しさがある。絵本の中に住んでいそうなたたずまいだ。

　小太郎はケージに駆け寄り、張り付くようにして覗き込んでいる。店長が気を利かせて椅子を移動すると、小太郎は素直にそれに座って背を丸め、じっとボンシャンスを見つめている。

　百瀬は小太郎の小さな肩と丸まった背中を見て「がんばっている」と感じた。知らない人と知らない場所にきて泣きもせず叫びもせずただじっと時が過ぎるのを待っている。ストレスを感じているだろうに、母との再会を信じて待っているのだ。そしてボンシャンスもがんばっている。彼も誰かを待っているのだ。それはボンシャンスを手放した元飼い主かもしれないし、いつか自分を必要とし愛してくれる未来の飼い主かもしれない。

　小太郎とボンシャンスは見つめ合っている。似たような境遇だとわかるのだろうか。つまり保護者に置いて行かれたという境遇だ。

　百瀬はふとテヌーを思う。どこへ行ったのか、足取りがつかめない。しかし今は小太郎とボンシャンスを優先しなければならない。

　百瀬は店長に尋ねた。

「ペットタクシーはペットを連れて乗車できるタクシーだと思っていました。ペットだけでも乗車できるんですね」

「基本的にどのタクシーもペットを連れて乗車できますよ」と店長は言う。

「ただしキャリーに入れるとか、車内を汚さないとか、いろいろと条件があるのが普通です。タクシー運転手の中には、キャリーを持ってタクシーを停めようとしている客は乗せないと公言する者もいます。けど、わたしはね」

店長はつるりとした頭頂部をてのひらでぽんと叩いた。

「若い頃の話ですけど、高校を卒業して一年間海外でバックパッカーをやっていたんです。まあいろんな文化や人種を見てきましたよ。ヨーロッパでは電車やバスにも犬連れの人が平気で乗ってきたりしてね。リードはつけていますけど、狭苦しいキャリーには入れていませんでした。今はどうか知りませんが、当時はそんなふうでした」

「そうなんですね」

「帰国した時につくづく感じました。日本は厳しいなあと。いえそれが悪いというわけじゃあないんです。日本の伝統として、人に迷惑をかけるな、礼儀正しくあれ、というのはすばらしい。日本人の美徳だと思います。けど、他人に厳しすぎるのは礼儀に適《かな》っていない気がするんです。品がないと思うんです。ひとさまのほころびには目をつぶってあげる。それが最高の礼儀じゃないかなあと、そんなふうに思ったんですよね」

「なるほどおっしゃる通りです」

「わたしは資産家じゃありませんしエリートでもありませんし学歴もいまいちです。利用者に優しい鉄道会社や航空会社をこしらえるのは逆立ちしたって無理です。でも小さなタクシー会社ならなんとかなると思いましてね」

「なるほど……」

「人とペットが気楽に利用できる。ペットだけでも乗車できるタクシーです。お客様の代理でペットを病院に連れて行くこともありますし、インターネットでペットの購入を決めたお客様の依頼で、ブリーダー様からお客様のおうちまでペットを運ぶこともあります」

「なるほど、多様な対応をされているんですね。経営はいかがですか」

「儲かってます、なんて胸を張ることはできません。最近では宅配業者や引越し業者もペット輸送を始めています。命をあずかるわけですから、誓約書を書かせたりと事前の手続きがあるそうです。うちは急なお客様に電話一本で対応するので、急いでいる人はうちに依頼なさるんです」

「棲《す》み分《わ》けができているんですね」

「一度ご利用いただいたかたがリピーターになってくださったり、口コミでお客様が広がったりもしています。運転手はわたしのほかにもうひとり、契約社員がいます。ペットタクシーの存在は世間にあまり知られていないので、今日のように二台とも待機している日もあります。時間があっても流しはしません。ガソリン代を節約しています。電話がかかってきたら、出動します。直接こちらにこられる方もいらっしゃいます。車が出払っている場合はこのケージでおあずかりします」

「利用する側は楽ですね」

「ゆるーい気持ちでご利用いただきたいんですよ」

「それで『ペッタクゆる』なんですね」

「はい、そうです。構えずに、気軽に声をかけていただきたいんです」

「ボンシャンスの依頼人について教えていただけませんか」

店長は急に困った顔をして黙り込んだ。

百瀬は慎重に話を進める。

「お客様の個人情報を漏洩《ろうえい》するのに躊躇《ちゅうちょ》があるのはわかります。でも、福引きで送りつけるのはやはり動物愛護の観点から問題がありますので、情報を開示していただけませんか」

店長は「ええ、もちろんです」と言う。

「実をいうと、依頼人はよくわからないんです」

「え？」

「会ってもいないんですよ」

「でも、電話は受けたんですよね」

「依頼の電話はペットホテルリッツさんからいただいたんです。ホテルでしばらくあずかっていた猫の持ち主からの依頼だということです。その猫を指定した場所に運んで欲しいというのです。貴重な猫だから慎重にと言われました。それでわたしが車でお迎えにあがって、迎車代も含めてリッツさんから現金で料金を頂戴しました。代金はお客様からあずかっていたとリッツの受付の人はおっしゃって。送り状も渡されたんです」

「送り主は福と書いてありましたよね」

「ええ、福という苗字は珍しいなと思いました。貴重な猫というだけあって、見たことのない巻き毛の猫でした。脱走しないよう、こちらで用意した小型ケージへ入れて、車でお届けしました」

「猫はぐったりしていませんでしたか」

「よく寝ていました。リッツの人が言うには、お客様が少し前に安定剤を飲ませたらしいということでした。移動中に脱走したり、暴れたりしないように、長距離を移動する場合は安定剤を使う飼い主のかたがいらっしゃるんです」

「安定剤についてどう思われますか」

「それはお客様の方針なのでわたしがあれこれ申すことではありません。今は飼い方についての厳しい目が社会全体にありますけど、わたしとしては、ゆるく対応したいんです。虐待だったら、わたしも止めますよ。でもお薬を使うのは、怪我をしたらいけないと思ってのことでしょう。脱走して交通事故にでも遭ったら死んでしまいますからね」

「そうですね」

百瀬はテヌーを思い、胸が痛んだ。

小太郎はその華奢《きゃしゃ》な手をケージの隙間から中へ伸ばし、ボンシャンスのふさふさの尾の先をつかんでいる。顔も胸も背中も、その四本の脚さえもくるくるとカールしているのに、尾だけはまっすぐな毛がふさふさと生えている。猫というものはたいがい尾を触られるのを嫌うが、ボンシャンスは温厚なのだろう、「お好きにどうぞ」とばかりに目を細めている。はじめは使い込んだ雑巾のように見えた毛色だが、よく見るとロシアンブルーよりやや淡い灰色で、気品がある。

百瀬は店長に言った。

「今からタクシーで、わたしたちをペットホテルリッツまで乗せていただけますか？　もちろん代金は払います」

亜子は真っ白なウエディングドレス姿の自分を大鏡で見つめて言葉を失っていた。

横で春美がにやりと笑う。

「ひゅーひゅー、花嫁さーん」

「いやねえ、春美ちゃん。やっぱなんか恥ずかしい……似合ってないよ……三十過ぎちゃったからかな、袖とか、フリフリ過ぎない？」

「そうですね、これはちょっと似合ってないかも。ぶりっ子過ぎますね。もっとシンプルなやつ着てみますか」

「白無垢《しろむく》にする。前に試着したし、サイズとか関係ないし大丈夫」

「だから、お色直しですよ。お色直し」

「お色直しなんてしなくていい。第一、白無垢から白のウエディングドレスじゃ、色を直してないじゃない」

「色付きのドレスも着るんです。お色直しは二回しましょう」

　ふたりは結婚式を予約した三日月館に打ち合わせに来ている。

　亜子が二年前にここに来た時は百瀬が隣にいた。魔女裁判を控えて百瀬は忙しく、衣装合わせは一着だけ、和装でやった。亜子は白無垢。百瀬は袴《はかま》だ。その時のポラロイド写真は亜子にとって宝物である。

　今回は百瀬に内緒で進めているので、亜子ひとりですべてを準備するつもりでいたが、春美が急に「亜子先輩の結婚式をプロデュースします」と言い出し、ついてきた。

　式なんてお金の無駄だと言っていた春美が一転して鼻息が荒くなったのは、小太郎が来た日からだ。

「新婚早々に他人の子をあずかるなんて信じられない」と絶賛憤慨中である。

　あの日突然小太郎が百瀬邸にやってきて、春美と一緒に面倒を見ていたが、夕方になると春美は帰ってしまった。

　入れ違いに帰宅した百瀬から事情を聞いた亜子は、つい「代休を消化するのにちょうどいいから、しばらく休みをとってわたしが小太郎くんを見ます」と言ってしまった。それから会社を休んでもう三日になる。亜子はたったの二日で小太郎との暮らしに音を上げ、昨夜、春美に助けを求めた。

すると春美は今朝早くに百瀬邸を訪れ、百瀬に向かって「あなたが面倒を見るべき」と直談判《じかだんぱん》。すると百瀬は「同感です」と言い、小太郎と猫を連れて出勤した。

亜子はほっとすると同時に、敗北感があった。

実は百瀬は初めから「わたしが面倒を見ます」と言っていた。「事務所へ連れて行く」とも言っていた。けれど亜子が「わたしが」と強く言い張ったのだ。

テヌーを脱走させてしまった罪滅ぼしの気持ちがあった。

百瀬は一度も責めなかったし、「あの子は外に慣れているので、大丈夫です。そのうち帰ってきます」と落ち着いているふうを装っていたが、本当はとっても心配しているのが亜子にはわかるのだ。余計に申し訳なかったし、挽回《ばんかい》したかった。

育児がちゃんとできる女だとアピールしたかった。小太郎の母が迎えに来るまで抜かりなくお世話をして、「わたしっていい母親になるタイプでしょ。わたしもはやく子どもがほしい」と伝えたかったし、自分にも自信をつけたかった。

ところが、小太郎は亜子と目を合わせようとしない。亜子がこしらえたご飯を食べずにボンシャンスのいる書斎に閉じこもってしまった。夜、百瀬が帰宅すると、百瀬のこしらえた卵焼きは口にする。百瀬と風呂にも入る。しかし亜子とは距離を置くのだ。正直、これにはまいった。

亜子は体のラインに沿ったシンプルなウエディングドレスを試着しながら、弱音を吐く。

「どうして小太郎くんはわたしのごはんを食べてくれないんだろう」

春美は「まずいからですよ」とこともなげに言う。

亜子はきょとんとする。

「だってまだ子どもよ。そんな微妙な味の違いがわかるかな」

春美は「これに決めた。このドレスが先輩には合っています」と言い、三日月館の担当職員の九《いちじく》に「このドレスにします。予約お願いします」と伝えた。

九は「お目が高い。有名デザイナーのドレスです。ほんとにお似合いですよね」と微笑んだ。

亜子がお色直しは一回だけと言い張ったので、ふたりは披露宴のメニューを決めるため、レストランに移動した。ひととおりのコースを四分の一の量だけ試食しながら決めてゆくのだ。ミディアムレアの牛フィレステーキを頬張りながら、春美は言う。

「亜子先輩の料理は子どもの舌でもわかるほどまずいんです。子どもは正直だから、それを食べろと迫る人から逃げます。亜子先輩を嫌っているのではなく、亜子先輩の料理から逃げているんです。わたし、言いましたよね。コンビニで買ったおにぎりを与えればいいって。サラダだって売ってますし、おかずはレトルトでいいんです。そしたら小太郎くんは亜子先輩に懐きますよ」

「そんな……子どもの口に入るものでしょ……手抜きはしたくない……」

「食べずに書斎に閉じこもって飢えるよりマシですよ。いいですか？　亜子先輩の料理をほいほい食べるのは猫弁くらいです。彼、無理してるわけじゃないと思いますよ。家で誰かがごはんを作ってくれるってのがうれしくてたまらないから、実際、そこまでまずく感じてないのかもしれません。恋は盲目って言うじゃないですか。視覚がおかしくなるんですから味覚だっておかしくなりますって」

「えっ、ちょっと待って。百瀬さんがわたしに恋?」

「何寝ぼけたこと言ってるんですか。先輩と猫弁を結びつけているのって、恋とか愛ってやつですよ。それ以外に何があるっていうんです。お金も名誉も外聞もないじゃないですか。わたしに言わせれば、百瀬太郎の夫としての価値なんて、ひとつだけ。亜子先輩の料理を食べることができる。恋で舌がマヒしてるから。それだけです」

「えー……喜べないな……」

「いいんです、亜子先輩はそのままで。苦手をがんばる必要はありません。得意を活《い》かせばいいんです。亜子先輩は会社で仕事をするのが一番ですよ。得意をやっていると自分を好きになれますし、キラキラ輝いて女っぷりも上がります。苦手をやっていると、精神によくないし不経済です。わたしはダイエットをしないし、亜子先輩は家事をがんばらない。家事が得意な猫弁に任せて、仕事仕事仕事です。明日から行くんですよ、ナイス結婚相談所へ。わかりましたか?」

亜子は春美を論破する気力がなく「はあい」と言ったが、やはり会社を休もうと思っている。小太郎が心配である。今後は購入した食事を与えることにして、母親が帰るまでの日々を少しでも楽しく過ごさせてあげたい。

　小太郎を見ていると、百瀬の少年時代が目に浮かぶ。母に置き去りにされて、どんなに心細かっただろう。

「メニューのほうはいかがですか？」

　九が笑顔でそばに立っており、亜子はハッと我に返る。

「あ、とてもおいしいです。これでお願い……していいかな、春美ちゃん」

「デザートを食べてから決定します」

「あ、そうね、そうだった」

　九が「ごゆっくり」と言って去ってから春美は言う。

「しっかりしなくちゃだめですよ」

「あ、うん、ごめんなさい」

「小太郎くんのことですよ。結局おかあさんが迎えに来なかったら、どうするんですか」

　亜子は虚をつかれた。長くても来週には帰国する、そう思い込んでいた。

「式は一ヵ月後ですよ。それまでずっとあずかるんですか？」

「えっと、それは」

「猫弁のやつ、正式に引き取るなんて言い出したらどうするんですか？」

「まさかそんなこと」

「猫弁が引き取ったら、子持ち男ですよ。子持ち男が夫ってことは、亜子先輩いきなりおかあさんですよ」

「まさか……だって」

「まさかもだってもないです。猫弁ですよ？　わかってますか？　先輩は普通の男と結婚したんじゃないんです。猫弁っていう破滅型おひとよしと結婚したんです。何度も言います。あいつは猫弁です。わかってますか？　んもう、しっかりしてくださいよ。新婚で、これから子どもを作ろうって時に他人の子を引き取る、パパになる、一生面倒見るって、そういうことを言い出しかねない男です」

　亜子は首を横に振った。

「まさか……いくらなんでも」

　春美はデザートをたいらげ、「コースはこれでよし」と言った。

「それだけは拒否しないとだめですよ。自分の子と他人の子は違います。猫を引き取るのとも違います。結婚して十年子どもができなかった夫婦が里親になるのとも違います。先輩は新婚なんです。好きな人とやっと夫婦になれたばかりじゃないですか。式もこれからなんですよ？　なしくずし的に他人の子を引き取るなんて、しなくていい苦労です。自分の子がほしい。それ、ちゃんと言わなくちゃだめですよ」

　亜子は再び「はあい」とつぶやいた。

　いくらなんでもそれは心配しすぎだ。百瀬はそんな無茶はしないし、第一、小太郎の母はもうすぐ帰国するに決まっている。イスタンブールって、月ではなく同じ地球にあるではないか。十数時間で帰れる場所だ。式までにはじゅうぶんな時間がある。

あの家でふたりきりになれるのももうすぐだ。心配なのはむしろテヌーだ。亜子はひと口大のブラマンジェを飲み込みながら、帰りに元いたアパートを捜そうと思うのだった。


亜子は以前住んでいたアパートの周囲を捜し回った。

「テヌーちゃん、テヌー、テヌーちゃん」

すっかり日は暮れた。アパートの部屋にぽつりぽつりと灯《あか》りがともり始める。周囲の草むらでは秋の虫が盛んに鳴いている。猫が潜んでいたら、こうも堂々と歌わないだろう。

亜子は途方に暮れて二〇四号室の窓を見上げる。暗い。正水直はまだ帰宅していないようだ。沢村の事務所で懸命に働いているのだろう。

かつて百瀬が住んでいた二〇一号室の窓に目を移す。こちらも暗い。アパートは満室と聞いている。今はどんな人が暮らしているのだろう？

百瀬はここに大学生の時に越してきて、勉学に励み、司法試験に合格してウエルカムオフィスという超一流の弁護士事務所に入った。一流事務所にいた時も独立したあともずっとあの二〇一号室でひとり誠実に生きてきたのだ。

そんな百瀬が亜子は好きだ。その誠実さを愛している。胸が痛くなるほどに。

彼を追いかけて入った二〇三号室。やがて二〇二が空き、そこへずれた。そうやって少しずつ彼に近づき、とうとう今は同じ屋根の下で暮らしている。

思えば、夢のような話である。亜子は自分が選んだ最高の相手と結ばれた。よく、一番好きな人とは結ばれないものだと聞くけれど、自分はそれを実現したのだ。大学も就職先も第一希望は叶わなかったけど、結婚だけは叶った。奇跡かもしれない。

でも……。

追いかけても追いかけても、まだ足りない気持ちだ。彼との溝が埋まらない気がして、じれったい。自分が欲張りになっているのかもしれないと亜子は感じる。

あの二〇三号室に入居して、毎朝「おはようございます」と顔を合わせることができて、喫茶エデンで一緒に朝食を食べていた頃、自分は確かな幸せを感じていた。

なのに今はこんなにもじれったい。春美には子どもがいる。柳まことももうすぐおかあさんだ。女としてのあせりがあるのかもしれない。

亜子は灯りがともった部屋をひとつひとつ回って「サビ猫を見かけませんでしたか」と尋ね歩いた。リモートワークに使っている人が多く、上はきちんとした服、下は部屋着の格好で「猫は見ないね」「サビって?」と言われた。

あきらめて帰ろうとした時、草むらに人影が見えた。よく見ると……。

百瀬だ!

七キロのボンシャンス入りキャリーを持ち、眠りこけている小太郎をおぶって、草むらを覗き込んでいる。テヌーを捜しにきたのだ。

その姿を見て、亜子は涙が出そうになった。彼に背負わせ過ぎてはいけない。亜子の目には、百瀬が小太郎だけではなく亜子までをも背負っているふうに見えた。

亜子はそっと声をかけた。

「テヌーはここに来ていないようです」

百瀬はハッとこちらを見る。

「大福さん……」

亜子は「また大福さんと呼ばれた」と思ったが、注意はしなかった。

百瀬はうれしそうに微笑む。

「よかった会えて。これから喫茶エデンで夕飯を食べませんか。小太郎くんにオムライスを食べさせてあげようと思うんです。さっき好きなものはと聞いたら、オムライスと言ったので」

「いいですね、一緒に行きましょう」

ふたりは喫茶エデンに向かった。亜子がキャリーを持つと言っても、「重いから」と百瀬は手を離そうとしない。

百瀬は背負っていた。小太郎だけではない。飼い主に捨てられたボンシャンス、そして小太郎の母、さらに、百瀬を好きでたまらない亜子を背負っているのだ。そうしてひとり暗い道を歩いている。そんなふうに亜子には見えてしまう。

亜子は何度かキャリーを持ちますと言ったが、譲ってはくれなかった。そして亜子は「小太郎くんをおんぶします」とは言えなかった。小太郎を背負う勇気は亜子にはなかった。母親よ、早く迎えに来て、連れて帰ってちょうだいと切に願う。

喫茶エデンに着くと、店に入る前に百瀬は小太郎を起こして降ろし、「ここのオムライスおいしいんだ。大福さんと食べてきなさい」と言った。

小太郎は百瀬の太ももにしがみつく。

亜子は驚いた。

「百瀬さんは入らないんですか？」

「飲食店に猫は持ち込めないでしょう。ふたりが食べ終わるまで、わたしはここで窓からふたりを見守っていますよ。ボンシャンスには缶詰を持ってきたので、ここであげます」

「ちょっと待っててください。交渉してきますから」

そう言って亜子はひとりで店に入り、カウンター越しにウエイターに声をかけた。

「あのー、猫同伴だめですか？」

ウエイターは黙って何か考えているようだ。

「キャリーに入っているから、ご迷惑はおかけしません」と言ってみる。

するとウエイターは「は？」と呆れたような顔をした。

亜子は身構え、理論武装をもくろんだ。

「えっとですね……今社会はですね……持続可能な社会をですね……目指していて……動

物愛護の……精神が……世界平和につながってですね……」としどろもどろに、よさそうな言葉を選びつつ、時間を稼ぎながら頭を整理していると、ウエイターが遮るように言った。

「うち、犬も猫もオッケーっすよ」

「えっ、そうだったんですか？」

「今まで連れてくる人がいなかっただけで、これからはそこを売りにしてお客さん増やそうかなって、今、思いついた」

「あ、そうなんですね」

「ちょっと待って、ひとくみお客さんがいるんで、聞いてみますよ」

がらんとした店内の隅に、ふたり客がいて、ひとりが亜子を見て、立ち上がった。

「亜子さん！」

「直ちゃん？」

正水直だ。

「えー、会えるなんてうれしいですぅ」

直ははずんだ声で言い、ふたりは駆け寄って、再会を喜んだ。

直は沢村の依頼人と食事中だという。案件が解決するまで直の部屋に泊めているのだそうだ。

亜子は依頼人だという女性に近づいて「はじめまして」と頭を下げた。

「すみませんが、猫を同伴してもかまいませんか」

「かまいませんとも」と女性は言う。

「パリのカフェは犬猫同伴にいちいち許可なんかとりませんよ。日本人は異常に神経質だと思います」

女性がいいと言ったので、ウエイターがドアを開き、外にいた百瀬に「ウエルカムです！」と力強く声をかけた。

百瀬はキャリーを抱え、小太郎と手をつないで入店した。

亜子と小太郎は窓際の席に座った。

百瀬はオムライスみっつを注文し、「動きが鈍い猫なので、店内を走り回ることはまずありません。ここで水とごはんをあげたいのですが」とウエイターに許可を求めた。

「どうぞ」と言われたので、店内の隅にキャリーを置き、そっと蓋を開けた。

開け切らないうちに、ズボッと大きなにぶい音がして、中から毛の塊が勢いよく飛び出した。

「ボン！」

どこにそんな身体能力を隠し持っていたのだろう、豪速球のごとくまっしぐらに突っ走ると、女性に飛びかかった。

みなが啞然《あぜん》とする中、女性は立ち上がって七キロの巨体を受け止め、そのやわらかな体に顔をうずめて、「ボンヌシャンス……」とつぶやいた。

第四章　さよなら百瀬さん

小太郎は目を輝かせた。

目の前には小さな黄色いオムライスと、小さな茶色いハンバーグと、ひとにぎりのオレンジ色のナポリタンと、花の形のにんじんと、小さな固めのプリンがのった特製お子様プレートがある。ウエイターが特別にこしらえてくれたのだ。

「めしあがれ」

亜子の言葉に小太郎はうん、と素直にうなずき、フォークを手にがつがつと食べ始めた。

亜子は痛感した。子どもと仲良くなる秘訣はおいしい食べ物だなと。

百瀬はボンシャンスを抱いた女性と向き合った。

直は女性の隣で見守っている。

百瀬は女性に尋ねた。

「ひなた商店街で福引きをやりましたか」

女性は無言だ。百瀬はさらに尋ねる。

「ボンシャンスをノハラ精肉店に送りつけたのはあなたですね」

ボンシャンスがなう、なう、と口籠もるように鳴いた。自分の名が呼ばれたのがわかるのだ。女性はボンシャンスと目を合わせた。かすかにうなずいたようにも見えた。

百瀬は質問を重ねる。

「あなたはモリー・ミツさんですか」

女性は薄ら笑いを浮かべ、首を横に振った。

「では、モリー・ミツさんからボンシャンスを譲り受けたんですか？」

女性はふふっと馬鹿にしたように笑い、百瀬を見た。

「モリー・ミツなんていない。モリー・ミツなんてね」

百瀬がとまどっていると、女性は言葉を重ねた。

「メールくれたの、百瀬先生だったんですね」

「え？」

「パリにいたんです、わたし」

「どういうことですか？」

「フランスではわたしの名前が聞き取りにくいみたいなので、ミッツェと名乗っていました」

「あなたがモリー・ミッツェさん？」

「モァリー・ミッツェ」

百瀬はなるほどとうなずいた。

「わたしのメール、届いていたのですね。わたしのフランス語の文章、通じませんでしたか？」

女性は微笑んだ。

「わたしフランス語はしゃべれるけど、読み書きはうまくできないの」

「そうですか。日本語は流暢《りゅうちょう》ですね。あなたは日本人？」

「ええ」

「日本名は？」

女性は百瀬をぐっと睨んで言った。

「寒川瑞江」

「寒川……瑞江さん？」

百瀬はその名に聞き覚えがあった。

「君……みっちゃん？」

寒川は無言のままだ。

「履物屋のみっちゃんだよね？」

念を押すと、寒川は百瀬の言葉を払いのけるように言う。

「わたしは履物屋のみっちゃんじゃない」

寒川は悔しそうに目に涙を浮かべ、でもどこか少しだけ、ほんのかすかにだがほっとしたように、「百瀬先生はちっとも変わらないのね」と言った。

「店に入って来た時、すぐにわかった。あの時のまんまだもの。でも先生はわたしってわからなかった」

「ごめん、わたしはあまり人の顔を覚えるのが得意じゃないんだ。名前などの文字情報で覚える質《たち》なんだ。君が履物屋の」

「わたしは履物屋のみっちゃんじゃない。履物屋の娘として生まれただけで、そこから先はわたしの人生だし、わたしはわたしよ」と寒川は早口でしゃべる。

「あの商店街にいると、魚屋の鮎くん、団子屋のヨシコちゃん、履物屋のみっちゃん、みんなにそう呼ばれ続けて、刷り込まれてしまうの。あそこの人たち、みんな子ども好きで、どの子もまるでわが子みたいにかわいがってくれる。叱ってもくれるしね。いまどき珍しい人情の街よ。だからこそ、がんじがらめになってしまうの。そこから飛び出して、わたしはわたしになりたかった」

「みっ……寒川さん」

「京都にも行ったし、パリにも行った。京都もパリもひなた商店街よりずっとわたしにふさわしいと思った。そこに本当のわたしがいるような気がしたの。パリでは恋人と暮らした。モァリー・ガブリエル。売れない絵描きだけど親が金持ちだから生活には困らない。築百年の広いアパートメントで、犬や猫と一緒に暮らしてた。芸術家たちが集まる家で、わたしも絵を描いてた。でも恋って必ず終わりがくる。わたしはこの子だけをつれて日本に戻ってきたの。ひとりじゃ寂しすぎるから」

「実家に帰らなかったの？」

「まさか」

寒川は首をすくめた。

「苦手なの、あの商店街。父も母も苦手。息苦しいんです、あそこにいると。絵の勉強したいって言っても、女の子は家政科がいいとか、国文学を勉強したいと言っても、栄養士のほうが家庭で役に立つぞとか、あー、嫌だ嫌だ、あのカビ臭い生活感。父も母もあんな家に閉じこもって、何が楽しいのかしら。わたしはちんまり家庭におさまりたくなかった。母だって自分みたいになってほしくなかったと思う。だからわたしの恋を認めてくれて、送り出してくれたのよ」

「おとうさんやおかあさんはそんなに決めつける人だったかな？　みっ……寒川さんのことを大切に育てていたように見えましたが」

寒川は呆れたようにくすりと笑った。

「もうみっちゃんでいいですよ。ええ、そう、大切に育ててくれました。でもわたし、あんなふうなおとなになりたくないの。だってつまらないじゃないですか。人生一度きりなのにあのふたり、海外に一度も行ったことがないんですよ。履物屋で終わるなんてぞっとする。足の裏でふみつけられる人生って感じがして」

「足の裏を支えるお仕事ですよ」

「わたしは嫌なの」

百瀬は寒川を見ていて気づいた。あたたかい家庭で育ち、愛情をたっぷりもらって、だからこそ、外へ目が向き、自立しようとするのだ。これこそがすこやかな成長というものではないだろうか。じゅうぶんに愛をもらった子どもは、大きくなると親を蹴り飛ばして高く遠くへと飛び立とうとする。そういうものなのかもしれない。

自分は七歳で母と別れたために、まだどこかで母を待ち、母を追いかけ、忘れられずにいるのかもしれない。そう百瀬は感じた。

「それで、見つかったの？　みっちゃんの幸せ」

寒川は目を逸らした。

「実家へ帰らないで、今までどうしてたの？」

寒川は再び百瀬を睨みつけた。

「日本っておかしくないですか？　ホテルにチェックインしようとしたら、猫と一緒はだめだって。次々断られたんです。パリじゃ考えられませんよ。冷たい国だと思いました。小汚いおじさんやぎゃーぎゃー泣き叫ぶ子どもは泊まれるのに、血統書付きの気高いボンヌシャンスが泊まれないなんて。しかたなく別々に泊まることにしたんだけど……」

「それは寂しかったですね」と百瀬は言った。

寒川はふっと力が抜けたように百瀬を見た。

「この子と離れてから、よく眠れないの」

「辛《つら》かったですね」

寒川の目からふわっと涙がこぼれた。

「でも……それでもね……すぐに家は見つかると思ったの……この子と住める家……あってもいいじゃない……まずは賃貸を探した……けど、ペットと入れる物件がない……なんで？　パリとどうしてこんなに違うわけ？　どのアパートメントも犬も猫もいたわよ。いるのが当たり前だった。日本は厳しい……ほんとに……気難しい国よね。それでもう家を購入するしかないと思った。でもそれだと予算に限りがあって……帰国したばかりで仕事もないわたしはローンも組めないし」

「たいへんでしたね」

「ホテル代も二重にかかって……」

「ペットホテルリッツは高いですよ」

「この子には不自由させたくなくて。せめてきれいなホテルにいてほしかった。わたしのほうが安いところに変えたの……カプセルホテルやネットカフェで過ごした。そんな時に、住宅展示場で福引きをやっていて……」

家が当選し、これでボンシャンスと住めると舞い上がり、よく確認もせずに土地を購入し、権利証を手に入れた。そして意気揚々とボンシャンスとともにホテルを引き払い、家に向かったら……。

「頭が真っ白になったんです。人が住んでいる家に八百万も払ってしまったと。わたしはもう……どうしたらいいかわからなくて」

「それで？」

「気がついたら、わたし、ひなた商店街に立っていたんです。この子が入ったキャリーを持って」

「そうなんだ」

「魚屋の鮎くんが肉屋で働いているのが遠くに見えた」

「そう」

「うちは閉まっていて」

「おとうさんが腰を悪くして通院しているんだよ」

「わたし、倉庫へ行ってみたの。とりあえずこの子をそこへ置こうと」

「重たいもんね」

「そう。この子重たいの。そしたら真っ赤な抽選器があって――」

「新井式廻転抽籤器だね」

「福引きで詐欺に遭ったことを思い出して、ものすごい怒りが湧いてきて」

「そうだったんだ」

「福引きって興奮するでしょ。あのガラガラ、ポンって玉が出る感じ。あれに乗せられて、当たったーなんて言われて、調子に乗って妙な話に乗っかっちゃって。わたしも福引きで誰かを同じ目に遭わせてやりたくなった。そうじゃないと気が済まない気持ちになって」

「それでミステリーくじを思いついた？」

「ええ、とりあえずやってみたの。試しにね。やり方は知ってた。子どもの時に商店街の福引きを毎年手伝わされていたから。うちの店の前でやったら、どんどん人が集まってきて……でも若い子ばっかり。知らない子ばっかりで……」

「鮎太くんも来たでしょう？」

「ええ、全然わたしって気づかないの」

「わたしもわからなかったよ。みっちゃんすごく大人になったから」

「鮎のやつ、あんなにわたしのこと好きだったのに。むかついちゃった。時の流れを感じた。浦島太郎《うらしまたろう》の気持ちがわかったわよ」

「鮎太くん、当てたよね」

「ええ、赤い玉が出たの。偶然よ。わたしびっくりして思わず一等賞って叫んでがんがんベルを鳴らしちゃった、そしたら鮎くん、喜んじゃって。ばっかみたい。ああ、わたしもあんなふうに喜んじゃってたんだなあって、ふふ、わたしもばっかみたい。景品なんてないから、あとで送るって言っておいた……」

「ボンシャンスを送ったのはなぜ？」

「送るつもりじゃなかったの。ただ、当たったって喜ばせておいて、あとでがっかりさせたかっただけ。ちょっとしたいたずらのつもりだった……けど」

寒川は口を閉じた。

しばらく待ったのちに百瀬が尋ねた。

「ホテル代が底をつきそうで怖くなった？」

寒川はうなずいた。

「まずはお金を取り返そうと思ったの。家かお金をね。だとすると、残ったお金は弁護士代にとっておかないといけない。仕事が見つかるまでの生活費もかかる。お金がなくなるのが怖かった。怖くて怖くて、その夜はひとりでいられなくて、この子と一緒にいたくて、だから公園でひと晩過ごしたの」

寒川は自嘲するように微笑んだ。

「とうとうホームレスよ、先生」

「みっちゃん……」

「この子といたいと思ったら、公園にいるしかなかったの。わたしもばかだけど、やっぱりこの国は冷たいと思う。この子と一緒に泊まろうとすると、やたらお金がかかる。貧乏人はペットも飼えないの？」

「公園で夜を過ごすくらいなら実家にって思わなかった？」

「思わなかった」と寒川は即答した。

「あそこへ戻るってことは、家を出てからの年月を否定するってことなの。冒険が終わっちゃうってこと。わたしはね、冒険し続けたいの」

「それがみっちゃんだもんね」と百瀬は言った。

寒川は微笑んだ。今度はさわやかな笑顔だ。

「わたしね、公園でこの子とひと晩過ごして決めたの。この子を手放そうって。この子はわたしの冒険につきあわせないほうがいい。わたしは履物屋の娘だけど、この子はチャンピオン猫の孫なの。おぼっちゃまなの。貴族なのよ。だから別れる。そう決めたら、すっきりしちゃった。朝、ホテルリッツへ行って、タクシー代を渡して、この子と別れた」

「鮎太くんなら、なんとかしてくれると思った？」

寒川は照れ笑いをしてうなずいた。

「わたしはね、ひなた商店街が苦手。でもあそこの人たちを世界中の誰よりも信用してる。自分よりもね」

「ご両親のことも？」

寒川はうなずいた。

八百万を払って手に入れた土地と家については、直が百瀬に説明した。そして最後に直は寒川に「パートナーってこの猫だったんですね」と言った。

寒川はうなずいた。

「日本でペットって言うと、一段低く見られるじゃない。ボンヌシャンスはわたしにとって唯一の家族よ。低く見られたくなかったの」

「でも……手放したんですよね。家族なのに」

直はつい、余計なことを言ってしまった。

「そう、家族だからよ」と寒川は言う。

「家族だから、幸せを願ってさよならしたの」

それから寒川は口を閉じた。その手はずっとボンシャンスをさすっている。

百瀬は想像してみる。恋に破れてひとり帰国する時の彼女の孤独。大金を失い、実家の前で福引きをやろうとした彼女の思い。当たりが出て激しくベルを鳴らした時、心のどこかで「親に気づいてほしい」と願っていなかっただろうか。そしてホテルでのパートナーとの別れ。鳴かれてしまわないよう、安定剤を多めに飲ませてしまった彼女の思い。たくさん飲ませたら危険だと思わなかっただろうか。

彼女は正しいことばかりをしてきたわけじゃない。騙されたけれど、騙してもいる。傷ついたけれど、傷つけてもいる。嘘もつく。

ふと、『ペッタクゆる』の店長の言葉が浮かんだ。

「ひとさまのほころびには目をつぶってあげる」

あの店長の寛容な思いは世界平和につながるのではないかと百瀬は感じた。

百瀬はしずかに尋ねた。

「じゃあみっちゃんは、その家で暮らすんだね」

寒川はうなずき、「そのおじいさんは出て行ってくれることになりました」と言った。

「じゃあ、ボンシャンスと暮らせるね？」

寒川はじっと百瀬を見る。

「いいの？　先生」

「ボンシャンスが君を選んだ」

「ありがとう、先生」

百瀬は言いたかった。その家に落ち着いてからでいいから、ご両親に絵葉書を送ったらどうかな。得意の絵を描いて、近況を知らせてあげなよ。ご両親はみっちゃんが幸せでいれば、どこにいてもいいと思っているし、ほっとすると思うよ。そう言いたかった。でも言わない。説教くさいし、不寛容だから。

「幸せにね」

「うん、先生」

寒川はボンシャンスと一緒に直のアパートへ帰った。

小太郎はお子様プレートをすっかりたいらげたあと、再びこてん、と眠ってしまった。

百瀬はウエイターの梶に礼を言い、会計を済ませた。

「お子様プレートをありがとうございます。猫もいさせてくれて、本当に助かりました」

梶は百瀬にだけ聞こえるようにささやく。

「あの子、椅子で寝てる子、前にあずかった子でしょ」

「はい」

「またあずかったんだ」

「はい」

「どうすんの？」

「おかあさんが迎えにくるまで一緒にいます」

「あんたが？」

「はい」

「なら安心だな」

「どうでしょう……」

「なあ、あんたはどう思う？　新宿の喫茶店で犬猫ＯＫって」

「そういう店があったら、わたしは助かります」

「ほんと?」

「喜ばれると思います」

「嫌がるやつもいそうだよね」

「嫌な人は利用しないでしょうから、嫌な思いはしないと思います」

「まあそりゃあそうだけど……」

「ここは窓が大きいですから、先客に犬がいたら、犬嫌いな人は別の店を探すのではないでしょうか」

「すると客が減るな」

「減るかもしれません」

「減っちゃ困るんだ。こちとら存続の危機ってやつ」

「増えるかもしれません」

「やってみなくちゃわからんてか」

「はい。現状この新宿界隈《かいわい》では、犬や猫を連れている人に自由はありません。さきほど女性が言ったように、この国では厳しい暗黙のルールがあります。犬猫を連れてのショッピングや飲食をあきらめている人たちがほとんどで、その層には喜ばれるでしょう」

「そりゃあそうだなあ」

「とりあえずやってみて、売上が減るかどうか試してみるとか。減ったらやめて、増えたら続けるとか」

「うん、なんかそれいいね。ゆるくて」

「ゆるいって、いいですよ」

「俺好きだな、ゆるいルール」

「わたしもです。もしクレームがあったり、トラブルが起きたら、いつでもご相談ください」

「おたく、弁護士だもんね」

「はい」

梶はちらっと亜子を見た。まだテーブルの近くにいて、小太郎が床にこぼしたたべものを片付けている。

梶は百瀬を見て微笑んだ。

「なんかよくわからんけど、あんたたちもお幸せに」

「ありがとうございます」


百瀬は小太郎を背負って夜の街を歩いてゆく。

亜子はその少しあとをついてゆく。

はたから見れば、三人家族に見えるだろうと亜子は思った。子を背負う百瀬は今まで見てきた百瀬の中で最もたくましく見えた。格好良くて、力強くて、大きく見えた。

夜空を見上げる。まあるい、見事な月だ。あまりにもぴかぴかのまぶしい月の光のせいだろうか、近くに星が見えない。離れたところにはあるが、月の近くにはひとつも見えない。まぶしすぎる月のそばで存在が消えてしまっている。

まるで百瀬のような月だと亜子は思う。

そのそばで存在が見えない星。それが自分だ。

亜子はささやく。

「月が綺麗ですね」

「ほんとうだ」と百瀬はしずかに応えた。

百瀬はやけにしずかだ。小太郎を起こさないように配慮しているのだろうか。百瀬が何を考えているのかわからない。

亜子は街の家々を見る。

あちらの家にも、こちらの家にもあかりが灯っている。

ぴっちりと閉まった窓。そのカーテンの向こうに、それぞれの生活があり、家庭のぬくもりがある。いやそうとは限らない。時に悲しみの空間だったりするのかもしれない。豪邸なのに、ひとつの窓しかあかりが灯っていない家もある。お金はあるのに、たったひとりなのかもしれない。あの窓の向こうは、孤独や虚無感に満ちているのかもしれない。成功や、失敗や、後悔……人生には浮き沈みがある。

それぞれの家に、それぞれの時が流れている。

夫婦は会話をしているだろうか。親子はどうだろう？　それぞれが勝手にオンラインゲームに興じていたりして。

夫婦というものは会話がなくても困らない関係だと人生の先輩たちから聞いている。ただ共にいるだけでよいもののはずだとわかってはいても、亜子は不安でたまらず、つい言葉を探してしまう。

「明日は小太郎くんをわたしが見ますね。代休が残っているので」

百瀬は返事をせずに無言で歩いている。はいもいいえもなく、こんなふうに黙り込んだままなのは今までにない。亜子は「わたし、何か気に障ることを言ったかな」と考えたものの、どんな言葉をぶつけても気に障らないのが百瀬という人間だ。やはり聞こえなかったのかなと思った。

亜子があきらめた頃に、百瀬はようやくぼそっと言葉を発した。

「小太郎くんは道に落ちている煙草を拾って食べようとします」

「え？」

「もし明日散歩に連れ出すことがあったら、気をつけて見ていてもらえますか？」

「ええ、もちろんですけど……」

亜子は混乱してしまった。

「なんで……そんなことを？　このくらいの歳の子って、道に落ちているものをむやみに口にするなんてこと、あるんですか？」

百瀬はしばらく無言でいたが、やがて声をひそめて言う。

「煙草を食べたらいけないよと注意したら、ママ、と言ったんです」

「どういうことですか？」

百瀬は再び無言になった。言葉を選んでいるようだ。

小太郎はというと、ぐっすりと眠っている。耳に入ることはなさそうだ。

「話してください、なんでも。わたしたち夫婦なんですから」

亜子の言葉に、百瀬は再び口を開く。

「おそらく以前、煙草を食べてしまって、具合が悪くなった経験があるんだと思います。急性のニコチン中毒症状は、嘔吐《おうと》と震えです。重篤な場合は呼吸困難、痙攣《けいれん》、呼吸停止。病院へ担ぎ込まれたのかもしれません。その時におかあさんが駆けつけてくれた。優しく看病してくれた。そんな記憶があるのかもしれません。煙草を食べればおかあさんが来る、そう思っているのかもしれません」

亜子は言葉を失った。

小太郎が背負っているものの深刻さを百瀬の淡々とした語り口が浮き彫りにする。

それからふたりは無言で歩いた。亜子はもう言葉を探すことをすっかり放棄してしまった。やがて家が見えてきた。ふたりの家だ。あの家に三人で入るのだ。

亜子はいたたまれない気持ちになり、取り繕うように明るく言った。

「小太郎くん、起きた時にボンちゃんがいなくて、泣いちゃうかなあ」

すると百瀬は急に明るい声で言った。

「大丈夫ですよ、うちには猫がいますから」

「え？」

「ほら」

亜子が目をこらすと、玄関前に小さな影がある。

「テヌー！」

テヌーはにゃあ、とひと声鳴いて、たっと駆け寄り、百瀬の足首に齧《かぶ》り付《つ》く。

「いてて」

テヌーの背中にはオナモミの実がふたつくっついている。あちこち冒険してきたのだろう。でもすこぶる元気だ。

亜子はほっとした。と同時に、「みんなみんな百瀬さんが好きなのね」とちょっぴり悔しかった。

日にちぐすりとはよく言ったものだ。

一週間かけて少しずつではあるが、亜子は小太郎とコミュニケーションが取れるようになった。

春美が言った通り、おいしいものを食べさせた。レトルトには抵抗があったので、ひなた商店街の精肉店でコーンコロッケやポテトサラダを買ったり、喫茶エデンでお子様プレートを食べさせたりした。おかげで少しは信用されたようで、歯磨きもさせてくれるようになったし、お風呂も入れさせてくれるようになった。テヌーの功績も大きかった。小太郎とテヌーは丸めた紙だけでいくらでも遊べた。

小太郎は夜になるとテヌーにしがみつくようにして眠る。今もそうだ。

小太郎がぐっすり眠ると、テヌーはそっと起きてきて、亜子におやつをねだる。さっそく今夜もやってきた。寝かしつけのご褒美に猫用の無添加チーズをあげる。テヌーはぺろりとたいらげると、満足げに毛繕いをして、亜子の足の甲をそっと踏み越えてゆく。この肉球の感触がたまらない。猫なりのハイタッチだと亜子は思う。

「猫ってすごいなあ」とつくづく思う。

触れるだけで人を癒《いや》す毛皮を春夏秋冬身にまとい、言葉など使わずに小さい子と遊ぶことができる。排尿排便にトイレットペーパーは不要だし、箸やスプーンを使わずにごはんを摂取。骨の髄までエコである。

比べて人間は「ダメすぎる」と亜子は思う。

代休消化の最終日もどうにか無事に過ぎ、来週から会社だ。亜子は心の底から来週が楽しみだ。行くぞー、仕事するぞー、と張り切っている。

一日子どもといると神経がはりつめてクタクタだ。命を守らねばという緊張感と、予定通り進まないジレンマ。ハラハラモヤモヤしたまま時間は意地が悪いほどにゆっくりと進む。挙げ句に達成感はない。

育児に「ハイデキマシター、コレデオワリ！」はないのだ。

子どもと過ごす一時間は五時間にも感じる。会社にいるとあっという間に時間が過ぎて足りないくらいなのに。春美の「披露宴くらいゆっくり食事を楽しみたい」という気持ちが今になってわかる。

結婚式の準備も着々と進めている。飾り付けに使う花のグレードや祝辞を頼む主賓も決まった。百瀬が育った青い鳥こども園の理事長遠山健介《とおやまけんすけ》にお願いした。「まだ百瀬さんには内緒なんです」と言うと、「それがいい」と言ってくれた。大人はいい。話せばわかる。あとは新郎の百瀬にいつ伝えるかだな、と亜子は思う。

小太郎の母はいまだに連絡をよこさない。それは不安要素だ。

亜子は来週から出勤するが、百瀬は小太郎と出勤だ。

弁護士が子連れで務まるのだろうか。母親を待つ間ということだから、保育園にあずけるわけにもいかない。急に母が消えた不安定な精神状態の子どもを民間の託児所へあずけるわけにもいかない。母失踪という事実が行政に知られたら、児童相談所へ通報されるだろう。そうなると小太郎は施設へ行くことになる。

「ただいま帰りました」

百瀬が帰宅した。めずらしい。まだ九時である。

「おかえりなさい！」

不安を払うように、亜子は走って出迎える。

「ごはんは？」

「その前にお話があります」と百瀬は言った。

「お風呂だけでも」

「このあと仕事に戻るので」

「そう……」

亜子は平静を装い「お茶をいれますね」と言った。

小太郎は寝室の布団で寝ている。

その寝顔を確かめた百瀬は、襖を閉め、ダイニングテーブルについた。

亜子はこれだけは自信がある緑茶をいれ、百瀬の前に置き、自分の前にも置いて座った。いい香りだ、母直伝のお茶。これを飲んで落ち着こう、落ち着かねばと亜子は自分に言い聞かせる。

百瀬は話を始める。

「柊木真弓さんと連絡を取ろうとしましたが、現在イスタンブールにはいないようです」

「じゃあもう帰国したんですか？」

「別の国へ行ったようです」

「イスタンブールじゃなくて？　嘘だったんですか」

「イスタンブールへ行ったあとに別の国へ行ったようです」

百瀬はひと口お茶を含んだ。

「おいしいです」と言ってから、話を再開した。

「柊木さんは前にわたしに電話でこう言ったんです。運命の人と出会ったと。彼を追いかけてイスタンブールへゆくと。だからあとはよろしくと言いました。成田からかけていたようです。その彼とイスタンブールで落ち合い、別の国へ行ったのかもしれません。さらに別の人と出会い、追いかけて行ったのかもしれません」

「そんな……」

「いつ帰ってくるかは全くわからないというのが現状です」

百瀬の顔に疲れが見える。仕事の合間に柊木の行方を調べたのだろう。

「柊木さんのご実家は？　親族がいるでしょう？」と亜子は問うた。

百瀬はそれについても調べたと言う。

「以前もらった柊木さんの手紙にはこう書いてありました。出産した時は親に内緒だったと。あとから打ち明けて、援助してもらえることになったと。でもそれは嘘だったんです。親族とはもう何年も連絡を取り合ってないようです。遠い親族のひとりとどうにか連絡がとれましたが、柊木さんが育った環境は複雑だったようです。父親は誰かわからない、母親は彼女が中学生の時に出て行ったきり所在もわからない。柊木さんが頼れる親族はいないようです」

「……そうなん……ですね」

亜子はつくづく自分は恵まれた環境で育ったのだと感じた。生まれた時から苦労を背負っている子どもたちがいる。柊木真弓もだし、彼女が産んだ小太郎も……そして百瀬も。

百瀬は話を続ける。

「このままだと小太郎くんは不安定な境遇のまま当然受けるべき福祉や教育を受けられません」

とうとう失踪届を出すのだと亜子は理解した。

百瀬は淡々と話す。

「わたしが正式に里親となり、小太郎くんを育てていきます」

亜子は愕然《がくぜん》とした。

それは相談でもお願いでもなく、意思表明である。

話の内容もだが、その言い方に強いショックを受けた。お願いされたら考えさせてください と言えるし、相談されたら一緒に悩めるのだが、意思表明されたら？

百瀬はさらに話を続ける。

特別養子縁組制度とは違い、小太郎が柊木真弓の子であるという事実は戸籍上変わらず、百瀬は養育里親として正式に申請する。児童相談所の調査や児童福祉審議会の審査はあるが、事情を考慮され、おそらく認められるだろう。そうすれば小太郎は保育園に入ることも、学校へ上がることもできる。

「いつか柊木さんが戻ってきたらどうするかは要検討事項です。柊木さんと相談した上で、そのまま養育里親という関係を維持するか、状況によっては養子縁組をすることも考えられます」

亜子は黙って聞いていた。

その話は百瀬と柊木真弓と小太郎の話であり、そこに亜子の存在はない。百瀬は柊木と相談すると言い、亜子と相談するとはひとことも言わない。

びっくりしたかというと、そうでもなかった。

取り乱したいのに、ああ、そうだったと妙に腑に落ちている。

百瀬は困った人を見捨てない。どんなに自分勝手な人をも責めずに助ける。自業自得だなんて責めたりしない。全方向に幸せになる道を淡々と、そう、フラットに考える。しかもひとりで。ひとりで生きて来たからひとりで決める。あたたかいけど、熱くはない。正義を語ったりしないし、相手に押し付けない。

百瀬のこういうところが好きだったと、亜子はつくづく思うのだ。世田谷猫屋敷事件の時の法廷での、優しくて高潔な態度と弁舌。そこに惚れ込んだのだ。だから夫婦になった。百瀬は立派だ。崇高だ。頭が下がる。

亜子の目から突然涙がこぼれ落ちた。

喜びの涙ではなく絶望の涙だ。

亜子は言いたかった。そうですね、それがいいです、賛成です、わたしいいおかあさんになりますね、ここにいてよかったと小太郎くんに思ってもらえるように、明日からがんばりますと。

亜子は言いたかった。心の底から言いたかった。そして百瀬と同じステージに立ちたかった。

ところが口は正直だ。

「わたしは嫌です」

本音が出た。そしてそう言ってしまった自分を嫌悪した。汚れてしまったと感じた。

百瀬はというと、少しも動じず、今も亜子を優しげな目で見つめている。全く責める様子はなく、軽蔑する様子もなく、慈愛に満ちた目で亜子を見つめる。どこかあきらめてしまって、そのずーっと先に立っているような目だ。

知っていたのだろうか。亜子が「嫌だ」と言うことを。

亜子は感じた。百瀬の中ではもう亜子は家族ではないのかもしれない。亜子にはそう思えた。亜子がNOというのをわかっていて、それでも小太郎を引き取ることを選択したのだ。亜子はそんな百瀬が許せない。許せないのだ。

「小太郎くんを施設にあずけてください」

声が震えた。亜子の口はどんどん正直になり、言いながらますます自分を嫌いになる。嫌で嫌でたまらない。

百瀬は変わらない。優しい目をして優しい声で言った。

「施設にはあずけません」

「どうして？　施設は悪いところですか？　百瀬さんはこんなに立派に育ったじゃないですか」

「ありがとうございます。でも小太郎くんにわたしのような思いはさせたくありません。子どもには必要なんです。その子が泣いた時に抱きしめてくれる大人が。ひとりは必要なんです。その子を全身で受け止める大人が」

亜子はそうです、その通りですと心から思った。亜子は両親に抱きしめられて育った。父も母も全身でわが娘を愛してくれた。だから世界中の子どもたちに愛をあげたい。

なのに口は別人だ。

「わたしは嫌だと言ってるんです」

百瀬は少し悲しそうな目をした。

その目を見て亜子は負けてたまるかと思った。

「なぜわたしが柊木さんの代わりに小太郎くんを育てなくちゃいけないんですか？　わたしは百瀬さんと結婚したんです。百瀬さんとわたしの子どもがほしいんです」

百瀬は何も言わない。怒ってはいない。少し悲しんでいる、その程度だ。

そんな百瀬を亜子は憎んだ。憎くてたまらない。

「わたしおかしいですか？　百瀬さん、わたしを馬鹿にしてますか？　どうして、どうしてよその子の面倒を見るために代休使わなくちゃいけないんですか？　ええ、ええ、百瀬さんはやれって言いませんでした。言いませんでしたけど、愛する夫が子どもを背負って仕事に行くの、見ていられないんです。ただでさえ過労なのに」

亜子は涙が止まらない。

「青い鳥こども園はどうです？　遠山理事長にはわたしから頼んでみます。あそこに小太郎くんを入れて、時々見に行けばいいじゃないですか。わたし行きますよ。そうですね、毎週行きます。で、月に一回くらいはうちでお泊まり会やりましょうよ。普通の家庭の子みたいに、月一ならわたし、できますよ」

百瀬は優しい目をしている。それは悲しい目にも見える。

亜子は自分のいいぶんが百瀬に通じないと感じた。月一ではだめなんです、それは大人の自己満足にすぎませんよと、言い返せばいいのに。何も言わない。亜子がどんなにわーわー騒いでも、百瀬は動じない。

手応えがなく、むなしくてたまらない。

これって夫婦？

亜子はとうとう言った。

「わたしと小太郎くん、どっちが大事ですか？」

言ってしまって、亜子は心底自分にがっかりしていた。「なんてレベルの低い人間だ」と自分を軽蔑した。でも言わずにはいられない。

「わたしは妻ですよ。妻と他人の子、どちらが大切なんですか？」

「どちらも大切です」と百瀬は言った。

そんな答えは聞きたくない。だから嫌な自分をやめられない。

「選んでください。わたしか、小太郎くんか」

百瀬は無言で亜子を見つめている。

「小太郎くんを選んだら、わたしは、わたしは……あなたとさよならします」

亜子は啖呵《たんか》を切った。

百瀬は悲しそうな目をしてうつむいた。上を見たりはしなかった。

亜子は百瀬の母の教えを知っている。

万事休すのときは上を見なさい。すると脳がうしろにかたよって、頭蓋骨と前頭葉の間にすきまができる。そのすきまから新しいアイデアが浮かぶのよ。

つまり百瀬は今、万事休すではないのだ。迷ってもいない。アイデアは既にもっていて、決めているのだ。

百瀬は亜子を見てつぶやいた。

「亜子さん……」

亜子はドキッとした。

選ばれた？

はじめて亜子さんと呼ばれた。よりによってこんな時に。ちっともうれしくない。こんなに嫌な女を亜子さんなどと呼ばないでほしい。

そしてなぜかしら……選ばれたこともうれしくない。

さすがの百瀬も妻を捨てる気はないのだ。それが亜子には悲しかった。高潔な人を低いステージにひきずり下ろした、そんな気がした。

百瀬は亜子をしっかりと見て言う。

「亜子さん、あなたはひとりで立っていられる。けれど、小太郎くんはひとりで生きていけません」

ああ、そういうこと……。

亜子は選ばれなかった。

百瀬は続けた。

「わたしは小太郎くんの手を放しません。彼を託せる人が現れるまでは」

百瀬に迷いはないようだ。

突き放されたと、亜子は感じた。すると妙にさっぱりとした気持ちになり、身も心も軽くなった。亜子は百瀬の目を見て言った。

「さよなら百瀬さん」

それから静かな時が流れた。

三分なのか三十分なのかふたりにはわからない。さよならのあとにどうしたらよいかふたりはわからずにいた。亜子はすべてが終わったと感じた。どこかほっとしている自分がいる。もう無理をせず、生きて行けばいいのだ。自分らしく生きられるのだ。

やはり一番好きな人とは結ばれない。それが人生なのだ。

突然、ピンポンピンポンとせわしなく呼び鈴が鳴った。

百瀬も亜子も立てずにいた。椅子にお尻が貼り付いてしまったようだ。

すると、どかどかっと無遠慮に人が入ってくる気配がした。

亜子は百瀬をなじった。

「また百瀬さん、鍵かけ忘れてる」

「ごめんなさい」と百瀬は言った。

「罰金ですよ」

「はい」

別離が決まったばかりとは思えぬ、昨日と同じ夫婦の会話がそこにある。

「百瀬先生！」

野呂が現れ、空気は一瞬にして変わった。

「電話、電源切ってるでしょう？」

野呂は赤い顔をして、息が荒い。ずっと走ってきたようだ。

「先生、すぐに警察に行ってください。おかあさんが、おかあさんが」

「母が？」

「脱走したって」

亜子はあまりのことに耳を疑った。

百瀬は無言で野呂を見つめている。

野呂は百瀬の前にあるお茶を勝手に飲んで、息を整えて言った。

「警察は息子の百瀬先生が母親に接触したかどうかを確認したいようです。すぐに行かないと、疑われます」

百瀬の尻はやっと椅子から離れた。

百瀬は無言で野呂と共に玄関へと向かった。家を出る直前にうしろを振り返って亜子を見た。

「朝まで小太郎くんをお願いします。それからはわたしが見ますので」

そして出て行った。

最後まで小太郎のことだけを気にかけていた。

亜子は洗面所で顔を洗った。目が腫れ上がっている。

喉が渇いていた。からだじゅうの水分が涙となって流れ出てしまったみたいだ。

がぶがぶと水道水を飲む。こんなにおいしかったっけ、水道水って。

心底、くたびれた。

このままでは自分は壊れてしまう。もうすでに壊れてしまったかもしれないと亜子は思う。シュガー・ベネットが脱獄した。魔女裁判での百瀬の苦労も水の泡だ。それに、柊木真弓。幼い息子を置いて男を追いかけている。

「ばーか」と亜子はつぶやく。

みんな自分勝手だと亜子は思う。勝手依存症のばかやろうだと思う。

自分は精一杯やった、だからもう自分に「降りていいよ」と言ってあげよう。百瀬との人生から降りていいと。

出て行こう。

明日の朝、出て行こう。

まず三日月館に電話して、キャンセルをした。夜なのに担当の九《いちじく》がいて、びっくりして残念がっていた。「ごめんなさい。もう二度とご迷惑おかけしないので」と謝り、電話を切った。ものすごく迷惑な客だよなと亜子は思った。

招待状の束を手に取る。発送前で助かった。

春美には「式はキャンセルした」とだけＬＩＮＥした。なぜ？　何があった？　とどんどん返ってきたのでスマホの音をオフにした。

ごめんごめん、みんなごめん。

親にはまだ内緒にしておいて良かった。式をやると言ったら張り切りすぎて口も金も出したがり、派手になってしまうから黙っていたのだ。こんなことで式をキャンセルしたら、父は今度こそ百瀬を見限るだろう。両親が百瀬を見限ったら……亜子は悲しい。今でもそう思ってしまう自分がいる。これから別離があるが「娘が至らないせいだ」と思っていて欲しい。亜子にとって百瀬は今も神聖な存在で、神聖だからこそ、別れるしかないのだ。だってわたしは……「人間だもの」とつぶやいてみる。

　自分の服を洋服ダンスから出して一枚一枚畳み直す。これは百瀬と喫茶エデンに初めて行った時に着た服だ。百瀬が実家に挨拶に来る予定の日に着ていた服もある。あの日も突然来られなくなって、代理で野呂が「おじょうさんをください」と言ったんだっけ。百瀬とのことでは、亜子は平常心でいられない。いつもつい過剰に期待して、肩透かしをくらって落ち込む、の繰り返しだ。秋田旅行をすっぽかされて、ひとりで行かされた時の服もある。あの時より今のほうがショック慣れしているのが、ちょっと悲しい。

百瀬といると、ジェットコースターに乗っているみたいにスリル満点だ。

だって、脱獄？　何それ、信じられない。ハリウッドのアクション映画じゃあるまいし。

百瀬のいないこれからの人生はきっと平穏だ。

そしてつまらないだろうな、と思う。でも決めたのだ。出て行くと。小太郎がいるから朝まではここにいる。朝までに百瀬は戻るだろう。小太郎のために。

小太郎、小太郎、小太郎！　亜子は幼い子どもにやきもちをやいている自分に気づいた。ばかみたい、わたしって。

ふと、小太郎が気になった。すぐに掛け布団を蹴飛ばしてしまうので、お腹が冷えるといけない。様子を見に寝室へと行ってみる。

襖を少し開けた。ん？

ハッハッと息遣いが聞こえる。短くて荒い。いつもはスースーとなめらかな寝息なのに。あわてて襖を開け、照明をつけると、布団から上半身がはみ出しており、顔はピンク色をして、目をつぶったまま苦しそうな息をしている。

「小太郎くん！」

亜子はひざまずき、小さなひたいに自分のてのひらを当てた。

熱い！

「小太郎くん！」

肩を軽く叩いてみても、目はつぶったままだ。そして肩も熱い。

「えっと」

こういう時はどうするんだっけ。あわてて体温計を探すが、あったっけ？　自分の迂闊さに腹がたつ。

「そうだ、書斎」

百瀬が独身時代に使っていたもの一式が書斎にある。くまなく探してみると、部屋の隅に紙製の古びた菓子箱があり、蓋を開けると絆創膏《ばんそうこう》や風邪薬に混じって体温計があった。なんと水銀体温計だ。いつの時代だと言いたくなる。

検温に時間がかかるが、ないよりマシだと寝室に駆け戻って小太郎の腋《わき》にはさむ。小太郎の腕もお腹も熱く、亜子の不安は急激に膨れ上がる。

キッチンへ走って行き、冷凍庫の氷をボウルにあけて水を入れ、その中にハンカチを浸してぎゅっと絞る。寝室に駆け戻って小太郎の額に冷たいハンカチを当てる。ふと見ると、布団に体温計が落ちている。腋からはずれてしまったようで、体温は測れていない。

「どうしよう……そうだ病院」

スマホで区内の病院を検索しようとし、ふと思い出す。百瀬が数日前に「もしもの時はここに」と何かをメモした紙を冷蔵庫にマグネットで貼り付けていた。

ひょっとして……。

スマホを握りしめてキッチンに戻ると、区内で小児科のある病院の電話番号がずらずらと七つも書いてある。さすが百瀬だ。メモを手に、亜子は上から順番にかけることにした。

　一軒目は録音された音声が流れた。

「オデンワアリガトウゴザイマス、トウインノシンリョウジカンハシュウリョウシマシタ」

　二軒目も同じだ。個人病院は無理だと気づく。

　総合病院にかけると、長々と呼び出し音が続き、あきらめようとした時にやっと電話がつながった。電話をしながら寝室に戻って様子を窺う。小太郎は相変わらず熱く、苦しそうだ。

「一歳半ですか。熱は何度ありますか？」と聞かれた。

「うまく測れなくて……でも絶対発熱しています」

「現在うちの夜間外来は列ができています。かなりお待たせすることになりますので、明日の朝にするか、よそを当たってみたほうがいいですよ」

　電話は切られてしまった。

　小太郎のちいさな手が、ぴくっぴくっと痙攣し始めた。

「ああっ、どうしようっ」

　亜子はメモを捜した。もう一軒総合病院があったはずだ。どこ？　捜しながらふと気づいた。無意識に握りしめていた。くしゃくしゃのメモを広げて、そこへかけてみると、長い呼び出し音のあと、電話がつながった。

「子どもが熱を出しました。診ていただけますか」

　すると「うちは夜間外来はやってないんです」と言われた。

　亜子は必死だ。

「痙攣したんです、さっき」

「痙攣？　何分続きました？」

「あ……今はおさまってる……ついさっき……手がぴくぴくって」

「意識は？」

「ありません」

「少しお待ちください」

　しばらく保留音が続いた。気の遠くなるほど長い時間に思えた。ここで断られたら、救急車だ。そうだ、救急車を呼ぼうと、亜子は思った。もう待っていられない、今すぐ切って救急車を呼ぼうと思った時、再び耳元で声がした。

「ちょうど当直に小児科医がいて、診ると言ってます。連れてこられますか？」

「はい、行きます！」

　亜子は場所を確認して会話を終えるとスマホをポケットに入れ、ぐったりとした小太郎をバスタオルでくるんで抱え上げた。十一キロの重みに、ふらつく。こんな重い体を百瀬は背負って仕事をしていたのだと思い知る。

　負けるもんかと「えい！」と体勢を立て直し、外へ飛び出す。玄関の扉は足で蹴り飛ばしてバタンと閉めた。これでテヌーは脱走できない。

夜の街を走る。タクシーが拾えそうな大通りまで、走りに走る。小太郎は薄く目を開け、バスタオルのすきまから手を伸ばして亜子の腕をつかんだ。

「大丈夫よ」と亜子はささやく。

「大丈夫だからね」

亜子はその声をどこかで聞いた気がした。そう、子どもの頃に熱を出すと、母が言ってくれたんだ。「大丈夫よ」

子どもが苦しい時に「大丈夫」と言って抱きしめる大人が必要なんだ。血なんか関係ない。誰かいなくちゃいけないんだ。

大通りに着くと、手を伸ばせないので叫んだ。

「タクシー！」

車は次々と通り過ぎてゆく。

「タクシー！」

亜子は叫び続けた。吠《ほ》えるように叫び続けた。するとギターを背負った髪の長い若者が手を挙げてタクシーを停め、「どうぞ」と譲ってくれた。

「ありがと！」

亜子は小太郎を抱えて後部座席に乗り込むと、運転手に行き先を告げた。

小太郎はちいさな口を三角に開けて、ハッハッと細かく息をしている。風邪だろうか……煙草はうちにはないし……鼻水は出ていないし咳《せき》もない……。

亜子は小太郎を抱きしめた。小さくて熱い体。小さいけれど重たい命。消えないで。お願いだから。元気になって。お願いだから。

病院が見えてきた。正面玄関につけてもらい、スマホで料金を払うと、降りる時に運転手から声をかけられた。「おかあさん、がんばって」

タクシーを降りて小太郎を抱え、正面玄関前の階段を上ると、薄暗い病院内に、ぼうっと白い影が見えた。自動ドアを入ると、白衣の医師が立っていた。

「電話をくれたおかあさん？」と医師は言った。

待っていてくれたのだ。

助かった、と亜子は思った。急速にほっとして、何度もうなずく。

ハイワタシハデンワヲシタオカーサンデス。

医師はバスタオルごと小太郎を受け止めて、「あっちっちだな」とつぶやいた。


亜子は薄暗い待合室の長椅子でじっと待っていた。

小太郎は連れて行かれたままである。

「ここで待っていてください」と言われたあと、ずっと待っている。長くは感じない。短くも感じない。誰にも知らせてはいない。相談したいとも思わない。スマホを見もしない。家に鍵をかけてこなかったがどうでもいい。持ってけドロボー、全部持ってけ！

亜子はひたすら待った。

小太郎の無事を祈って待った。

痙攣を思い出すたびに涙が出る。怖かった。命を持って行かれてしまうのではないかと思い、震えた。小太郎の命が消えてしまうのを亜子は恐れていた。百瀬に悪いとか、そういうことではない。亜子自身が小太郎の命をかけがえのないものと感じている。

子どもをあずかったのに、体温計も用意しておらず、病院もチェックしていなかった自分が情けない。懐くとか懐かないとかよりもまず、命を守ることが先なのに。

亜子に今できることはここでひとり待つこと。だから待った。ひたすら待った。待つ、という使命があって、そこに救いを求めていた。

ひたひたと足音が聞こえてくる。

暗い廊下の向こうから、さきほどの医師が歩いてきた。

「熱は下がりました。発熱の原因はまだわかりませんが、今は点滴を打ち、落ち着いています」

「よかった……」

「病室に行きましょう」と言われ、亜子は立ち上がり、医師のあとをついていった。

医師は状況を説明する。

「熱性痙攣は急激に体温が変化した時にみられる症状です。五歳くらいまでの子どもは時々そうなることがあるんです。まだ一歳半ですから過剰に心配する必要はありませんが、たんなる風邪でもまれに髄膜炎や脳炎になることもあるので、念のために明日まで入院して検査を……あ、大丈夫ですか？」

亜子はあまりの恐ろしさに床にくずおれてしまった。

「の……う……えん……」

医師は首をすくめて、微笑んだ。

「念のためですよ。心配性のおかあさんですね」

病室で小太郎はすうすうとなめらかな寝息をたてていた。亜子はそのちいさな手を握りしめた。今はもうひんやりとしているちいさな手。痙攣もない。

よかった、と心から安堵する。

亜子は寄り添いながら、医師との会話を思い出していた。

自分は母親ではなく、あずかった子どもであること、今まで痙攣を起こしたことがあるかどうかは不明であると伝えた。すると医師は「精神的なストレスから自律神経が乱れて熱が出ることがあります」と言った。

医師の白衣の胸ポケットに安全ピンが留められてあって、そこにフェルト製の小さなドラえもんのマスコットがぶらさがっていた。小児科医なので、患者である子どもたちを和ませようと、付けているのだろう。

亜子はそのマスコットを見た時、小太郎はそれがドラえもんだとわかるだろうかと気になった。今まで幼児向けの番組やアニメを見たことがあるだろうか。

小太郎はこの一年半、普通の、平均的な子どもらしい生活を送ってきたのだろうか。

「じゃあ普通って何？」と考えても、答えは見えない。

でも……。

普通って、何千年、何万年という人類の歴史の中で、人が人らしく生きるのに適していると多くの人が考えてきた何か、なのではないか。その何かは時代や文化によって変化するし、その変化は絶対正しいかというと、そうではないかもしれないし、普通の押し付けが人を傷つけることもたくさんあるだろう。それでもその普通という魔物みたいな言葉に多くの人は安心を覚えるのではないだろうか。そして子どもには安心が何よりも必要なのではないか。だから百瀬はあんなにこだわるのではないか。

「わたしのような思いはさせたくない」と。

子ども時代に誰か特定の大人から抱きしめられ、愛され、許されるという体験が必要だと考えているのだろう。それが百瀬の考える普通なのかもしれない。百瀬が憧れ続けた普通なのかもしれない。そういう意味では、亜子は普通に育てられ、最も普通を知っている人間だと言える。

亜子はスマホを取り出し、百瀬にＬＩＮＥで報告することにした。

「小太郎くん発熱し病院へ。現在平熱に戻り、無事」

「検査入院になったので家には戻りません」

「念《ねん》の為《ため》の検査なので心配無用」

「家の鍵かけ忘れました。ごめんなさい」

既読にならないが気にしない。彼は母親の件で警察にいるのだろう。

亜子はいったん画面から目を離し、天井を見た。万事休すではないけれど、ひとつの大きな決意をするために頭蓋骨と前頭葉の間にすきまを作ってみた。古い病院で、天井にはシミがある。でもいい病院だ。真夜中に受け入れてくれた。

亜子は自分に問うた。

いいの？　亜子。

いいよね、亜子。

後悔しない？

するかもね。

人生って後悔を避けられないよね。

後悔とはもうすっかり友だちだよね。

亜子は再びスマホの画面を見て、メッセージを送った。

既読にならなくていい。これは自分へのメッセージ。決意表明なのだから。

第五章　奇跡の子

七重は激怒した。

「太郎ママがトンズラですって？」

七重はどすんどすんと床を踏み鳴らす。

「いったいぜんたい、どういうことです？　いったいぜんたい！」

ここは百瀬法律事務所である。七重は事務所の畳で足を踏み鳴らし、怒りに任せてあまり強くやったものだから、足首を痛めて「いっつ」としゃがみ込む。

「なんなのよっ、いったい……」

七重は平手で畳をぴしゃぴしゃと叩く。

キッチンにいた野呂は思わず微笑んだ。

レイチェル・リンド夫人に不細工と言われて癇癪《かんしゃく》を起こしたアン・シャーリーみたい

だなと、吹き出しそうになるのをこらえつつ、「まあまあ、落ち着きましょう」と言いながら湯を沸かす。

野呂自身この事態に困惑している。もともと心配性ゆえにあれこれ先を想像してやきもきしてしまう質《たち》だが、シュガー・ベネットの脱獄は想定外の外の外の、それこそ大気圏外のさらに先の、神が仕組んだどっきりカメラみたいだ。いや、そんなかわいらしいものではない。おそらく神は自己顕示欲が強く、自分より崇高な百瀬に嫉妬して、巨大な落とし穴をこしらえたのだ。けしからん、いやもう、けしからんよ。野呂だって怒っている。七重が怒ってくれているので、こんなふうに落ち着いていられるだけである。

七重はというと、しゃがんだままぶつぶつと文句を言い続けている。

「この国の刑務所の塀はねずみがかじった穴でもあるんですかね？　人間は猫を甘やかしすぎたと思いますよ。キャットフードを与えたものだから、ねずみなんか食えるかってふんぞりかえっているじゃありませんか」

やかんの口から蒸気が吹き出し始めると、それがまるで七重の怒りの表れのようにも見え、まあ、怒るのもやむなしかな、と野呂は思ったりもする。

仮釈放になるのを心待ちにして結婚式を目論《もくろ》んでいたのだ。留袖の準備も整ったと嬉しそうに話していた。それがこの脱獄騒ぎだ。

そう、七重は怒っている。

今朝早くに亜子からの電話で起こされ、式場をキャンセルしたと報告があり、事情は今は言えないと電話を切られ、めんくらっていたところに、テレビをつけたらニュースでシュガー・ベネットが脱走したと。これが原因に違いないと思い、怒髪天をつく勢いで事務所へ来てみたものの、百瀬はまだ来ておらず、ちょうど二階から鈴木晴人が降りて来たので、朝食をこしらえて食べさせ、バイトに送り出し、さあいよいよどういうことか説明してもらおうと思ったが、始業時間になっても百瀬は事務所に現れない。

珍しく遅刻して来た野呂に問いただすと、百瀬は警察に呼び出され、ひと晩じゅう尋問され、睡眠をとることができなかったので、今は応接室で仮眠をとっているはずですよと言われた。そこで応接室を覗いたら、なんとまあ、百瀬は長椅子の上で胎児のように背中を丸めて眠っているではないか。

その姿を見て七重は涙ぐみ、ますます腹が立った。

「またこの子を捨てたんですね」とシュガー・ベネットに腹を立てた。時間が経つほどに怒りは増し、野呂に当たり散らしている。

野呂だってこの展開には驚きしかないのだが、昨夜は警察まで百瀬に付き添い、途中で野呂だけ帰されたものの、心配でろくに眠れず、睡眠不足で頭が鈍っているというのもある。七重が腹を立てるから、せめてこちらが落ち着かないと、どうにもならない。丁寧にこしらえたココアを「まあ落ち着きましょう」と言って七重に渡した。

七重は野呂からマグカップを受け取り、不遜にも百瀬のデスクへ行って、椅子にどかっと腰掛け、「あれま、先生の椅子はスプリングがへたってるじゃないですか」と言い、「まったくもう」とちょっぴり笑い、「わたしにココアをいれるなんていい度胸じゃないですか」と言った。

そう、ココアと言えば七重の専売特許なのだ。彼女がこしらえるミルクココアは誰もがうなるおいしさだと評判だ。評判といっても、この事務所内の評判だが、たしかにおいしいのだ。緑茶も珈琲も野呂のほうが上手にいれるが、ココアだけは七重の勝ちである。特別な材料は使っていない。市販の森永《もりなが》の粉末ココアとクリープを混ぜたものに湯を少しずつ注ぎながら練り上げるという手法で、毎回、七重が自慢げに解説しながらこしらえるものだから、野呂も百瀬も耳にタコで、同じものを作れるようになった。

七重のココアは絶品で、「心をも溶かす」と自分で言っているし、実際に飲んだ人はみな素直にそう言う。もちろん事務所内での話だが。そしてそのココアは実際、七重の心を落ち着かせるのにも成功した。

「あらま。ずいぶんおいしいじゃないですか」

七重は感心した。

「師匠ほどではありません」と野呂は謙遜してみせる。

「あたりまえですよ」

七重は胸をはる。

「これはね、おふくろの味なんです。この世のすべてのおかあさんが子どもを思ってこしらえてはじめて完成する味なんです。だから野呂さんは逆立ちしたってわたしのココアは作れません。もちろん、近いものはできますよ。これだってじゅうぶんおいしいですけどね」

七重が落ち着いたところで、野呂は知っていることを話しておくことにした。七重は百瀬を息子のように思っている。聞く権利はじゅうぶんにある。

「シュガー・ベネット氏が以前所属していた組織を覚えていますか？」

「太郎ママがいたところ……えーっと……あんこみたいな名前でしたっけ」

「まあ名前はどうでもいいんですが、一応言っておきますと、ＡＭＩという組織です。アメリカにあってですね、知的な集団なんです」

野呂は七重にわかるようにと慎重に言葉を選びながら話す。

「学者や研究者を集めた組織なんです。中心にいる人物はまだ特定されていませんが、おそらく三人。彼らが世界を支配しようとたくらんでいるのです。政治家や経済界と裏で結びついて、糸を引いてですね」

「エリートやくざですか」

「そうそう、まあそんな感じです」

「太郎ママ、やくざなんですか」

「いえいえ、彼女は優れた数学者です。その才能に目をつけられて、エリートやくざ集団に利用されたんです」

「やくざだから抜けられないとか？」

「まあそんな感じです、たぶん。そこを抜けるために彼女は日本でわざと逮捕されたんですよ」

「わざと逮捕されたのに、なんで脱獄するんです？　あとちょっとで仮釈放だったのに」

「仮釈放は……無理な話というか……まあそれはおいといてと。魔女裁判の直前にうちの事務所に赤毛の男が来たのを覚えていますか？」

「覚えています。百瀬次郎《じろう》ですよね。先生の弟だと嘘をついてわたしたちを騙した」

「そう、彼はユリ・ボーンという名前で、ベネット氏の弁護士だったじゃないですか」

七重はココアを飲みながらしみじみと言う。

「そんなこともありましたね……」

七重は遠くを見るような目で話す。

「嘘はいけませんけどね、あの子はかわいい顔をしてたし、礼儀正しかったし、わたしは好きです。本当に弟だったら良かったのにと思いましたよ」

「彼も組織の人間なんです」

「エリートやくざ？」

「ええ、その彼が組織を告発したんです」

「え？　なんですって？　骨盤？」

「こ、く、は、つ。命をかけて告発したんです」と野呂は大きな声で言った。

七重はふむふむ、と物知り顔をした。

「それってダイブ告発ってやつですよね」

七重は立ち上がり、ゆっくりと歩きながら得意げに話す。

「最近よくテレビで聞きますよ。ダイブ告発。このあいだ刑事ドラマでもやってましたよ。ダイブ告発。流行《はや》ってますよ。流行りにはわたし敏感なんでね、知ってます。勇気がいる告発のことですよね。清水《きよみず》の舞台から飛び降りる気持ちで告発するってことですからね。ええもう、怖いでしょうよ、命懸けです。うちの息子、次男はね、子どもの頃、滑り台からころがり落ちましたけどね、たんこぶできましたけど、三日で治りました。清水の舞台から落ちたらたんこぶで済みませんよ、命懸けです」

野呂は一瞬何のことだかわからなかったが、ああ、ダイブって、飛び込むって意味のダイブかと納得する。あきらかに七重は内部告発を聞き間違えているのだが、それでも意味は合っているというか、きわめて真理に近いと考え、訂正するのをやめた。

「そうです、ダイブ告発です」と言ってみる。

するとその言葉がぴったりだと野呂にも思えてくるから不思議だ。

「ユリ・ボーンは自分が所属している組織が裏で何をやっているかを動画でしゃべったんです。動画というのは、世界中の人が目にすることができるインターネットを使ってですね、えーと、そうそう、テレビに近いやり方で、ダイブ告発したのです。最近起こったある国の内戦や、かの国の侵攻、すべてＡＭＩが裏で糸を引いているとバラしたのです。その組織を作ったほんのひとにぎりの、彼は三人と言ってましたが、その三人が操っているのだと」

七重は「それ見ることができます？　これで」と自分の携帯電話を出して見せた。

野呂は呆れた。

「ガラケーじゃないですか。見られませんよ。どちらにしろ、今は削除されてパソコンでもスマホでも見られません。あれほどすばやく全削除できるなんて、ＡＭＩの恐ろしさを思い知りました」

七重は「なあんだ、赤毛くんを見たかったのに」と唇をとがらせた。

野呂はますます呆れた。

「わかってませんねえ。ユリ・ボーンの命が危ないんですよ」

「なんですって？」

「彼の告発が国際ニュースになって、それはもう大騒ぎなんです。ＡＭＩは広く人道支援などもやっていますから、発展途上国にとっては神様のような存在です。それがね、世界を支配するためにやっているというのですから」

「赤毛くんは大丈夫なんですか？」

「そのニュースが流れてまもなくですからね。ベネット氏が脱獄したのは」

「それって」

「ええ、ユリ・ボーンを救うためではないかと、百瀬先生はおっしゃっていました」

七重は「ちょっと待ってくださいよ」と言う。

「危ないじゃないですか、太郎ママ」

「そうですよ、だから言ってるじゃないですか、危ないんです」

野呂は力をこめてしゃべる。

「だから心配しているんですよ。ベネット氏が今どこにいるのか、もう国外へ行ってしまったかもしれません。おそらくユリ・ボーンはアメリカにはいないと思うんです。どこかに身を隠しているはずです。エリート集団ですからほかにも組織を中から崩そうとする仲間たちがいるはずです。ユリ・ボーンは彼らに加わるつもりだと思います。いや違うな、彼らはすでに一致団結していて、彼の告発は戦《いくさ》ののろしだったのかもしれません。トップの三悪人と正義との戦いが始まったのです」

応接室の襖が開いた。

「すみません……寝坊しました……」

百瀬はよろめきながら応接室から出て来た。くせ毛をますます爆発させて、目の下にはクマがまるであざのようにくっきりと浮いている。

「あれまあ、百瀬先生、あれまあ、いやですよ、ボロ雑巾みたいになっちゃって」

七重は心配して百瀬に駆け寄る。

百瀬は言う。

「ちょっといったん家に戻らないと……あ、こんな時間になっちゃった」

七重は百瀬の腕をつかまえた。逃げないように捕らえたのだ。そしてまるで介護人のように百瀬を引きずってデスクの椅子に座らせた。

「だめですよ、先生。どこにも行かせませんよ」

百瀬は「はあ……」とため息をつく。逆らう元気はない。すっかり電池切れだ。

七重は決めつける。

「とにかく何か口にしないと。今、ココアをいれてあげますから。あと、何か作りますよ。ちゃちゃっとね。ごはんは炊いてあるんです。晴人くんにこしらえたごはん、残っています。たまごかけて食べますか？　味噌汁《みそしる》も残っています」

その時、玄関で「こんにちはー」と大きな声がした。


入って来たのはひなた商店街の会長でノハラ精肉店の店主・野原鮎太だ。

揚げたてのコーンコロッケを紙の箱にたんと詰めてやってきた。

「先日はすみません。無理なお願いを聞いてもらっちゃって。解決したって先生から連絡もらったんで、お礼です。揚げたてですよ。みなさんで召し上がってください」

「うわー、おいしそう！」

一番喜んだのは七重で、さっそく取り皿を人数分もってきて、百瀬と野呂と自分にも取り分けた。

百瀬は鮎太に「ありがとう、いただきます」と言って、七重が茶碗《ちゃわん》によそってくれた白いごはんにコロッケをのっけると、上からソースをまわしかけてわしわしと食べ始めた。

七重は微笑みながら百瀬を見て、自分はコロッケを一口かじり、「上等上等、お見事なコロッケね」と褒めちぎる。「肉屋にしとくのは惜しいねえ。コロッケ専門店でもやったらどう？」

鮎太はうれしそうだ。

「店ではハムカツもとんかつも売ってますんで、良かったら買いに来てくださいよ」

「今日さっそく帰りに寄るわよ。そうだ、アジフライもある？」と七重は大乗り気だ。

「隣の魚屋で売ってますよ。イカフライも」と会話が弾む。

野呂もうれしい。

百瀬が食べている姿がうれしいし、コロッケは本当にうまいし、さっきまでの行き詰まった空気が刷新された。コロッケの匂い、形、食感。すべてが今、この事務所に必要だったと感じる。健全なエネルギー。めげずに今日もがんばろうと思える。そんな活力が小さな俵型のコロッケに詰まっている。コロッケ効果絶大だ。

七重が呆れたように言う。

「なんですか、野呂さん、涙ぐんじゃって」

野呂はあわてて、「帰りにとんかつ買いに寄らせてもらいます」と誤魔化した。

百瀬は無言でひたすらわしわしと食べた。ごはんをお代わりし、コロッケは三個目にかぶりつく。

「あらあら欠食児童みたいじゃないですか」と七重が微笑む。

百瀬は口をもごもごさせながら言う。

「昨日の昼に食べたきりなんです……」

すると鮎太は泣きそうな顔になった。

「先生……ごめんなさい……弁護士さんってもっと楽な商売かと思ってた……」

「ん？」

「一日一食しか食べられないなんて……たいへんなんですね……ぼく……ただで相談に乗ってもらっちゃって……ごめんなさいです」

七重ははははと笑った。

「忙しくて、ですよ。まあお金もたいして入りませんけどね」

鮎太は事務所を見回しながら言った。

「先生、あの猫はどこですか？　見当たらないけど。解決したって、どういうことだったんですか？」

「ああ、あの猫はちょっとした手違いで君のところへ行ったけど、今はちゃんと飼い主がいて、幸せそうだ。心配しなくて大丈夫だよ」

鮎太はほっとした顔をした。

「ならよかったです。うちもおかげで夫婦円満です」

「よかった、年末にはおとうさんだもんね」と百瀬は言う。

七重は「あら、お若いのにパパになるの？」と言った。

鮎太は「はい、パパになります」と満面の笑みを浮かべた。

「かわいがってね」と七重は真顔でつぶやく。

「もちろんですよ！　溺愛します。じゃ、ぼくはこれで」

鮎太はぺこんとお辞儀をして、玄関へと向かい、ふと思い出したように引き返すと、百瀬に言った。

「そう言えばみっちゃんから久しぶりに絵葉書がきたんです」

百瀬はハッとした。脳裏にボンシャンスを抱きしめた寒川の姿が浮かんだ。

何も知らない鮎太は無心にしゃべる。

「履物屋のおじさん、おばさんがめっちゃ喜んで見せてくれたんだ。手描きの絵で、すごく紅葉が綺麗な山の中で、ちょっといい感じの家がぽつんと建っているんです。大きな窓があって、その窓を覗きたくなるような、あったかそうな家。絵の仕事を始めたんだって」

「そうなんだ」

「住所が書いてあったんです。なんと日本。奥多摩だって。喜んでた、おじさんもおばさんも。早く腰を治して行かなくちゃって。さっそくお金なんか送っちゃってさ。いつまでも子どもなんだよな、おじさんたちにとってみっちゃんは」

「そうなんだ」

「あ、そうそう、これ見て」

鮎太がスマホをこちらに向けた。絵葉書の画像だ。

そこにあるのは豪邸ではなく、素朴で優しい家だ。

その窓の向こうに寒川とボンシャンスが仲良く暮らしているのだと思うと、なおさら素敵に見える。

百瀬は微笑んだ。

「いい家だね、ほんとうに、いい家だ」


鮎太が出て行った。

百瀬は使った皿を片付けようとした。

すると七重の手が先に出た。手際よくぱっぱと皿を重ねてキッチンに下げると、蛇口の水をじゃあじゃあ流しながらハナウタまじりに洗い始める。こういう家事系は条件反射で手が動くようで、「わたしは事務員です、皿を洗うために雇われたんじゃありません」などと文句を言わない。猫のトイレ掃除はブーブー言うのに不思議だと野呂は思う。やはり人間は得意な仕事が好きなのだ。

野呂はというと、得意はない。事務はやるけれど得意ではない。好きでもないけれど、七重よりはできるし、百瀬の役に立てることがうれしい。こういうことが仕事なのだと野呂は自負している。好き嫌いせずに歯車に徹する。それこそが仕事だと思うのだ。

自分探しに何年も費やしている人たちに言いたい。

とりあえず、やれるものからやってみればと。

百瀬は眠気を覚まそうと自分の頬を両手でバシバシと叩き、「いったん家に戻ります」と言った。「すぐに事務所へ戻り仕事をしますから、心配しないでください」

百瀬のデスクには山のように案件が積まれている。猫的案件から非猫的案件までたまりにたまっている。家はそう遠くはないが、行って戻るなんて体力のロスである。

野呂は「家に何か忘れ物ですか」と尋ねた。

「忘れ物でしたらわたしが代わりに取りに行きますよ」

せっかくの天才的脳だ。フルにここで使ってほしいと野呂は考えた。

百瀬はちらっと時計を見る。

「野呂さん、ありがとうございます。でもやはりわたしが行かないと。小太郎くんをここに連れてくるんです。背負って走りますから、すぐに戻ります」

蛇口がしまる音がした。手を拭き拭き七重が事務所へ戻ってくる。

百瀬は立ったまま野呂と七重に話した。

「しばらく昼間はここで小太郎くんを見ながら仕事をさせてください。ずっとじゃありません。手続きを終えて保育園が見つかるまでの間です。みなさんにご迷惑かけないようにしますので、どうかしばらくの間よろしくお願いします」

百瀬は深々と頭を下げた。

七重が言う前に、野呂が言葉を発した。

「小太郎くんのおかあさんはもう戻らないってことですか？」

百瀬は昨夜亜子に説明した内容を早口で話す。柊木真弓はいつ戻るかわからず、柊木真弓の親族はあてにできない。百瀬が養育里親の申請をして、彼女が戻るまで一緒に暮らすことにしたたと。

「ちょっと待ってください」と野呂は言う。

「あの、それ、大福さんは、あ、違った、亜子さんは承知したんですか？」

百瀬は返事をしない。

「ひょっとして昨夜、その話をしてたんですか？」

「これはわたしが決めたことです。亜子さんを巻き込むつもりはありません」

百瀬は言いながら再び時計を見て、「ちょっと一件電話させてください」とスマホを手にした。その途端、「あっ」と小さく叫んだ。

亜子からのＬＩＮＥにやっと気づいたのだ。

「えっ、小太郎くん、発熱？」

スマホを見ながら百瀬がそうつぶやくと、七重が「えっ、小太郎くん、発熱？」と叫んだ。

「あっ、無事か」「あっ、無事ですか」

「えっ、検査入院？」「えっ、検査入院？」

「念のため？　心配ない」「念のため？　心配ない」

百瀬がつぶやき、七重が叫ぶという奇妙な輪唱が続いたあと、百瀬は突然黙り込んだ。

「ちょっと、どうしたんですか？」

七重の問いに百瀬は答えない。絶句し固まっている。

「あー、もう、なんなんですか。ちょっと貸しなさい！」

イラついた七重がスマホを奪い、大きな声で読み上げた。

「里親の件承知しました」

「おかあさん代理、やってみます」

「力を合わせて小太郎くんを育てましょう」

「育休取れるか会社と交渉してみます」

野呂はハッとして百瀬を見た。

百瀬はへなへなと座り込み、両てのひらで顔を覆ってしまった。う、う、う、と声を殺して……泣いている。どんな時も感情を表に出さない百瀬が……涙している。

野呂は初めてボスが泣くのを見た。

ボスはおそらく昨夜、恐ろしい思いをしたのだ。愛する人を失うかもしれないという恐怖を体験したのだ。母の逃亡もショックだっただろうし、警察での尋問も辛かっただろうが、そんなことでめげる男ではない。あの目の下のクマはおそらく、愛を失うという地獄を見たせいだ。強い絶望が彼を痛めつけ、あんなに長く眠らせたのだ。

野呂はひざまずき、百瀬の肩に手をおいた。

「よかったですね……」

野呂の目からも涙がこぼれた。亜子の優しさと覚悟に感謝した。

ふたりの男は畳の上で男泣きに泣いた。

野呂はどこかで期待していた。七重も加わるだろうと。三人で泣こう。心ゆくまで泣こうと期待した。

ところが七重からは妙にあっけらかんとした声が発せられた。

「亜子さんはおかあさんに向いてないと思いますよ」

百瀬と野呂は同時に泣き止《や》み、「えっ」と互いに目を合わせた。それからふたりはおそるおそる七重を仰ぎ見る。

七重は立ったまま仁王のようにふたりを見下ろし、百瀬にスマホを返すと、「こう言っちゃなんですけど、無理ですって」と冷めた口調で言う。

野呂は注意するのも忘れて、ぽかんとしてしまう。

「亜子さんはね、いい娘さんですよ。ちゃんと結婚したら、いいおかあさんになると思います。あ、ちゃんとっていうのは、式を挙げるってことですから。そこはちゃんとやらなくちゃいけません。そこをすっ飛ばしていきなり母親になるってのは、彼女には荷が重いと思います。それでなくたってね、百瀬先生、あなたと一緒に暮らすってのはなかなかたいへんなんですよ。よくやってきたと思いますよ。だからね、まずあなたたちは式を挙げて、新婚旅行にでも行ってと。そのうち亜子さんのお腹が膨らんで、つわりを経験して、そうやって徐々に母親になってゆく、それが一番亜子さんらしい道筋です」

野呂は口を出すと決めた。

「そうはいっても……そうはいってもですね」

あわてているので、どうにも言葉が続かない。百瀬はというと、まるで白と黒が反転したパンダと遭遇してしまったかのような目をして七重を見つめる。

七重はきっぱりと言った。

「小太郎くんをください」

決意に満ちた目をしている。

「亜子さんよりもうちの長男のほうが親に向いています」

野呂は「息子さん？」とつぶやく。

「ええ、わたしの長男は調理師免許を持っています。広告代理店の社員食堂で働いています。子どもが大好きです。学生時代からボランティアで図書館に通って読み聞かせをやっています。息子にはつれあいがいます。つれあいも子ども大好きで、一緒に読み聞かせをやっています。ふたりは子どもが大好きなんです。子どもが欲しいのにできないんですよ。だから特別養子縁組に申し込もうとしたら、資格審査で撥《は》ねられました。なんなんですか、資格審査って、エラソーに。息子たちはね、子ども大好き。ふたりとも職業を持っている。なかなかの高収入ですよ。百瀬先生よりもリッチです。どうして親になれないんですか？」

百瀬は立ち上がると、すっかりいつもの百瀬に戻り、七重を椅子に座らせ、対面に座って、「お話を伺いましょう」と言った。

「息子さん夫婦は収入が安定しているけれど、特別養子縁組の審査で撥ねられた。それはちょっと問題ですね」

「でしょう？」と七重は言う。

百瀬は説明する。

「特別養子縁組を支援する団体は個々に応募条件を設けています。共働きだといけないとか、高齢夫婦はいけないとか。でもそれはその団体が個別に設けている条件であって、家庭裁判所が謳《うた》っている条件ではありません。なのでまだ諦めなくても。ご相談に乗りますよ」

野呂も口を出す。

「七重さんの息子さんはまだお若いし、諦めるのは早いのでは。治療を続けたらどうですか？　病院には行かれたんですよね」

七重は首を横に振る。

「できっこありません。息子のつれあいは男性ですから」

七重は微笑む。

「うちに挨拶に来た時はびっくりしましたけどね、まじめでいい子ですよ。広告代理店勤務ってのがちっとうさんくさいですけど、でもね、庶務課なんです。それ聞いて胸を撫《な》で下《お》ろしましたよ。息子と職場が同じビルだし、気心もしれていますしね。ふたりはちゃんと結婚式を挙げたかったんです。けどね、むこうのご両親が結婚に反対していて、だからできなかったんです。ささやかですがレストランを借り切って内輪でお祝いしました。夫もわたしも次男も参加しましたよ。次男ははじめ抵抗があったみたいで、嫌だというから、ひっぱたいてやりました。ええわたし、暴力ふるいましたよ。家族はね、世間がなんといったって応援するものだと、ええ、言ってやりました」

七重はいったん黙り、それから百瀬を見た。

「百瀬先生、あなたは小太郎くんを施設に入れたくないんでしょう？　自分みたいな思いをさせたくないから、引き取ろうって思っていますね？　ここにいる猫たちもです。外でお腹空かせるとかわいそうだから、引き受けていますよね。それは優しさだし、正義です。でも、愛じゃない」

「七重さん……」

「息子はね、子どもが欲しいんです。親になりたくてしかたがないんです。前に小太郎くんの話をしたら、あずかってみたかったと言ってました。実際、会わせてみないことには、わかりませんけどね。もしうちの子が小太郎くんを引き取るとしたら、それは優しさや正義じゃなくて、希望です。親になりたいという夢です。愛を注ぎます。だからね、小太郎ママが帰ってきたら一悶着《ひともんちゃく》起きると思いますよ」

「七重さん……」

「小太郎くんとうちの息子たち、会わせてやってくれますか？」

「七重さん……」

「男ふたりの家庭ではダメですか？」

「いえ……そんなことはありません」

「とりあえず一週間あずかる。どうです？」

「まず小太郎くんに聞いてみます」

「そういうのは子どもに選ばせちゃだめです」

七重は断固として言う。

「離婚する時にパパとママどっちがいいって、選ばせる親がいるじゃないですか。あれはね、コクです。親の責任逃れにほかなりません。ママがね、パパでもいい、どちらかがわたしが育てる、ついてきなさいって決めるべきです。今回はね、わたしが決めます。小太郎くんはわたしの息子がわたしの手を借りて育てます」

「え？　どういうことですか？」

「つきましてはわたし、育休願を出させていただきます」

「ええっ」

「保育園が決まるまで。なんなら小学校に上がるまで。わたしが息子のマンションに通い、いいえ、住み込んで小太郎くんのそばにいます」

「えええっ」

「さあてと」

七重は手をこすり合わせながら事務所内を見回した。

「十七匹いるからよりどりみどりですねえ」

百瀬と野呂は話についていけない。

「小太郎くんが好きそうな猫を二、三匹みつくろって、息子のマンションに連れて行きます」

七重は腕まくりをした。

「わたしの料理と猫三匹いれば、ママが迎えにくるまで楽しく過ごせるでしょうよ」

百瀬と野呂はただただぽかんと口を開けていた。

七重は楽しそうにハナウタを歌いながら、三毛猫を追い回して引っ搔《ひか》かれそうになっている。小太郎と暮らす未来が楽しみでしかたがないのだろう、「育てねば」の悲壮感はまったくない。子どもといるってこんなに楽しいことだっけと、野呂は首を傾げる。

やがて野呂は自分に言い聞かせるようにつぶやく。

「女性の言うことは……はいはいと聞いておきましょう……とりあえず今は……そうしておくしかないでしょう……」

「そうですね……そうしましょう」と百瀬はうなずく。

百瀬は亜子に何て伝えようかと悩みながら、とりあえずデスクに積んである案件にとりかかることにした。

寒川瑞江は絵筆を置き、紅茶を口にした。

すっかり冷めている。そもそもティーバッグだし、あまりおいしくはない。

このところリビングで日がな一日絵を描いている。

朝起きて軽くごはんを食べたらすぐに絵筆をとる。パリでもそうしたかったが、客の出入りが多くて自分ひとりの時間をもてなかった。恋人のガブリエルは画家と名乗るわりにちっとも絵を描こうとしなかった。しゃべって飲んでたわむれの恋を楽しんでいた。今思えばなんなのあの男。なぜ一緒にいたかなあと思ったりもする。生産性がない。でもそこがよかった。質実剛健な家に育ち、それ以外を求めていた。

ここでは好きな時に好きなだけ絵が描ける。

モデルは木のベンチに横たわるボンシャンスだ。ベンチは前の住人が置いていった。手作りのベンチで、このリビングになくてはならないデザインだからと言っていた。ほんとうにその通りで、家と一体化している。座り心地も抜群で、人が座ってもお尻が痛くならない。

ボンシャンスはこのベンチが大好きだ。そしてこの家も大好きなようで、離れていた時に減ってしまった体重がもとに戻った。

絵はのんびり描いている。まるで趣味みたいな描き方だけれど、買い手は決まっている。女ひとりと猫一匹が暮らすにはじゅうぶんな金になる。虫のいい話だと自分でも思う。

この家に住み始めてからいいこと続きだ。いいことと言っても奇跡のような幸運ではなく、ありがちなちょっとしたいいことで、そのちょっとしたいいことが重なって、生活がなんとか成り立っている。

寒川は今まで自分をついていない女だと思っていた。今はそうでもないと思える。いや、前と変わらないのかもしれない。普通についていて、普通についていなかった。ついていることを当たり前と感受して、ついていないことをことさらに不幸だと思っていたのかもしれない。

この家にいると、心がフラットになり、いいことも悪いことも等身大で見えてくる。まず、ボンシャンスが元気。いいことだ。元気だからその姿を描きたくなる。いいことだ。描いたら人に見せたくなり、気まぐれにネットに載せたら声がかかった。猫の絵ばかりを集めているギャラリーの経営者で、寒川の絵を気に入り、契約してくれたのだ。もうすでに一枚は買い取ってくれた。

まさか自分が絵で収入を得られるなんて。

夢に見たことはあるが、実現するなんて思ってもみなかった。その経営者は寒川の絵よりもむしろボンシャンスを気に入っているようで、欲しがっているが、絶対渡さない。ボンシャンスを描けば絵が売れる。そうやって生きて行くのだ。

この家に住んでみてその心地よさに日々満足しているが、不満はなくもない。それもまあ、じきに解決できるだろう。ついている自分に解決できないことはない。

昨日こしらえたオニオンスープを温めてお昼にする。しみじみとおいしい。さみしさを感じるほどに。

午後は散歩タイムだ。

寒川はコートを羽織り、ボンシャンスに「行くわよ」と声をかける。

ベンチから降りてきたボンシャンスに真っ赤なリードをつける。家の周囲を歩く程度ならリードをつけずに外へ出る。ボンシャンスは逃げたりはしない。寒川の視界の範囲で勝手に走り、跳び回る。体は大きいがまだ二歳。体力が有り余っている。

本日は少し遠くまでゆくので、リードをつける。いのししや鷹《たか》がいるので、びっくりして遁走《とんそう》してしまうかもしれない。街で育ったボンシャンスは山の中で迷子になったら生きてはいけないだろう。リードは命綱だ。

「さあ、行こう」

鍵もかけずに出発する。

細くゆるやかな山道をどんどん降りてゆく。ほどなくふたつに分かれた道に差し掛かる。迷わずに左へと進む。ボンシャンスが立ち止まり、草の匂いを嗅ぐ。その間はじっと待つ。しばらくするとボンシャンスはもういいよ、というように寒川を見る。そしてまた歩き始める。

色とりどりの紅葉が華やかだ。踏み締める道にも色が敷き詰められている。絵本の中の少女になった気分だ。少女だから自由だし、常識とか慣例なんて知らない。

やがて遠くに小さな青い屋根が見えて来た。

そこを目指してどんどん進む。少女は冒険が大好きだ。

家にしては小さ過ぎ、小屋にしてはしっかりとした建物に辿《たど》り着《つ》いた。

大きく息を吸って、大きな声で叫ぶ。

「ごめんください」

秋風がひゅうっと吹き抜けてゆく。

「ごめんください」

しばらくするとドアが開き、雫石甚五郎が顔を出した。かなり驚いたようで、目をぱちくりさせている。

「どうした？　あんたさん」

「道に迷っちゃって……」

すると雫石は顔をくしゃくしゃにして微笑んだ。

「あんれまあ、気の毒に」

それからボンシャンスを見て、「こいつぁ猫かい、犬かい」と言った。

「猫です」と言うと、「パーマかけるなんざ、贅沢だなあ」とまたくしゃりと笑った。

「送って行くっぺ」

「ちょっと休ませてもらえませんか」

「へ？」

「寒いし足が疲れてしまって、ちょっとだけ休ませてもらえませんか」

雫石は「ええけんど」と困った顔をした。

「ご婦人が入るような小屋じゃねえけんど。散らかっとるし」

寒川は「おじゃまします」と言って、ボンシャンスとともに中に入った。


おもちゃのように小さな薪《まき》ストーブがあって、その上に鉄瓶が載っかっている。それがこの家の中心人物のように堂々と中央にあり、その周囲には作業台、台の上にはのこぎりや板や角材、そして大工道具一式がそれなりの秩序を持って置かれている。その道具のひとつひとつがこの小屋を形成するメンバーであり、ひとつの家族であるように見える。家族の構成員である雑種犬の六郎は、壁際に積んである薪の山の上でくつろいでいた。寒川が入って来ても動じない。ボンシャンスに吠《ほ》えかかることもしない。高齢なのであまり見えていないようだ。

寒川はボンシャンスのリードをはずしてやった。するとボンシャンスは無遠慮に六郎に近づいて匂いを嗅ぎまくっている。それでも六郎は気に留めず、のんびり構えている。おおらかな性格は飼い主ゆずりなのかもしれないし、年齢的な衰えもあるのだろう。

寒川は勧められるままに切り株のひとつに腰掛け、室内を無遠慮にじろじろと見回した。雫石は何も言わずに鉄瓶の湯であたたかい緑茶をいれてくれた。

木の香りのする狭い小屋にお茶の香りがただよい始める。

湯呑《ゆの》みを渡された。

口にふくむと深い香りが口の中に広がった。紅茶の何倍もおいしく感じる。いいお茶だからか、いれ方がいいのか、人がいれてくれたからかもしれない。

寒川は尋ねた。

「こんなストーブで冬を越せるんですか」

「うん、見込みはあるな」

雫石は微笑んだ。

「これから壁の隙間をひとつひとつ埋めるんだ。すうすうするだろう？　埋めればまあ越せると思うな。あんたさんは気にせんでええ。俺、楽しんでる」

「そのようですね」と寒川は言う。

ここを終の住処《すみか》と腹を決め、冬を越すための準備をしているのだ。そのせっせとした、はつらつとした、張りのある生活ぶりが伝わってくる。

薪ストーブを囲んで静かな時間がゆっくりと流れてゆく。

外の風の音や木々の葉のこすれる音が壁の隙間から入ってきて、まるで音楽のようだ。言葉は不要だという気に寒川はなっていた。なんだろう、この感じは。

そう、あれだ。飛行機や電車で隣の人としゃべらなくてもいい状況。

国際線では十数時間も隣にいる。なのに言葉を交わす必要がない。映画を見たり、本を読んだり、好きに過ごしていい。飲み物をこぼして「ごめんなさい」「だいじょうぶ」と言い合ったらそれでもう「感じのいい人でよかった」と思える。きわめて楽な関係。血のつながりもなく、コミュニティのつながりもない、もちろん恋愛などとは無関係の、徹底的に他人である心地よさがそこにある。

「家はどうだい？」と雫石は言う。

まるで問題なんかひとつもなかろうと言わんばかりの自信満々な口ぶりだ。

少し困らせてやろうと思い、寒川は顔をしかめてみせた。

「ちょっとね、問題発生」

すると雫石は驚いたようにこちらを見る。

「猫って高いところにいたがるんですよ。人を見下ろしたがる動物なんです。だからね、こう、天井から少し下あたりにね、渡り廊下みたいに板を渡したいんですよ」

身振り手振りで説明すると、雫石は黙って小屋の隅に行き、例のノートと鉛筆を引っ張り出して来て、「ちょっと描いてみてくれ」と言った。

「キャットウォークっていうんですけど」

寒川はそう言いながら、ぐいぐいと手を動かす。まずはあのすばらしいリビングを描き、その空間に理想のキャットウォークを描き加え、その上にボンシャンスを歩かせてみる。鉛筆は心地よい音をたてながら頭の中の世界を次々と映し出してゆく。なんて楽しいのだろう。描くのが楽しい。鉛筆がこすれる音すら愉快だ。こうして人に見せながら描く楽しさは格別だと寒川は感じる。

雫石も鉛筆を握り、「ここは柱があるから無理だけど、こっちならこういうふうに渡せるかもしれん」とぐいぐいと描き加え始めた。

寒川も負けてはいない。

「そこは嫌なんですよ。だったら二階のこっちはどうです？」

ふたりは夢中になってラフな設計図を描き進めた。描いては直し、直しては描いた。一時間以上もそうしていただろうか、ようやく折衷案ができた。

「これ、作ってください」と寒川は言う。

雫石は「ええけど……」と言いながら、放置してある作りかけの材木を見る。

「冬に備えて、やんねばならんことがあって、まず隙間を塞いでからだな」

作業小屋で冬を越すための改修工事を来週までに完了させたいのだという。やはりもう寒いのだ。夜はかなり冷え込むのだろう。老犬の六郎のためもあるのだ。

「凍死はやだからな」とくしゃりと笑った。

「だったら」と寒川は言う。

「こっちは放っておいて、この冬はうちに泊まり込みでキャットウォークを作ってください」

雫石ははは、と初めて豪快に笑った。おかしくてたまらん、というふうに徹底的に笑った。

「ばかにせんで。俺大工だもん、こんなもん、ひと冬もかからん、せいぜい二日だ」

「だったら」と寒川は言う。

「階段にもキャットウォーク、二階にもキャットウォーク、そうだ、二階の部屋にベッドが欲しいんです。今は作り付けが一階にあるけど、わたし二階が好きなんで。もうちょっといい感じのベッドを作ってください」

雫石はやっと気づいて、黙り込む。今度は少々気まずさのある時間が流れ始める。

「シェアハウスですよ」

寒川はさらりと言ってみせる。

「家賃はいいです、そのかわり作ってください。あとね、お茶をいれてください」

雫石は黙ったままだ。

「冬だけでもどうですか」と言ってみる。

寒川は自分のしつこさにびっくりしている。なぜだかわからぬが、絶対彼と暮らさねばならないという心持ちになっている。設計図はとっくに完成しているのだ。他人と山で暮らすという設計図だ。この冒険は絶対やってみる価値がある。

雫石は「俺はここで大丈夫だから」と言う。

「わたしのためなの」

寒川はなるたけ正直になろう、思ったまま話してみようと決意する。

「ちょっとね……とまどってるの。今までずっと誰かと暮らしてきて、うっとうしいって思いながら生きて来て……人間はもういい、ボンヌシャンスと生きて行くって決めたんだけど……まだ慣れないのよ。だからこの冬だけ……いてくれない?」

雫石は黙り込んでいる。ふたつ返事で「いいよ」と言ってくれると思ったが、結構頑固者のようだ。

「ボンヌシャンスと六郎が相性悪かったら無理でしょ。だから連れて来たの。このふたり、大丈夫そうじゃない?」

雫石は六郎を見た。客猫と並んでうとうとしている。

「わたしたちは相性もなにもない。二階と一階で別々に過ごせばいい」

雫石はしばらくの沈黙のあと、ぼそっと言った。

「俺……心臓悪いんだ」

寒川は口を閉じて相手を見つめる。

「だから長くはない。突然死んじまうかもしれん。明日かもしれん」

「うん、知ってる」

寒川は微笑んだ。

「じき死ぬんでしょ。治療やめたんでしょ。残りの時間を好きに生きて死ぬんでしょ。わかるそれ、わたしも自分だったらたぶんそうする。あなたもうじき死んでいいから」

雫石は驚いた顔で寒川を見る。

「わたし他人だから、あなたが死んでも悲しくないし、泣かないし」

「…………」

「わたしね、親は嫌なの。死ぬとこ見たくない。でもあなたが死んでも、ああ、死んじゃったと思うだけ。お茶飲めなくなるのは残念だけど、まあ、それくらいのことだから」

「…………」

「あ、そうそう、わたしたまに旅に出るけど、その時はボンヌシャンスをよろしく。わたしが旅してる間は死なないでね」

「…………」

「わかってる。あなたが死んだら、六郎はわたしが見るから。六郎も年寄りでしょ。看取《みと》るのは簡単よ。そのあとは庭に埋める。いい？」

「…………」

「この冬だけでいい、試しにやってみない？」

「俺……ご婦人と暮らすのはちょっと……」

「ご婦人と思っちゃだめ。電車で隣に座った他人と思ったらどう？」

「……ほう」

「電車くらいは乗ったことあるでしょ。隣が女だから座らないってことはないでしょ」

「ああ」

「気にならないでしょ、電車で隣に座った女なんて」

「ああ」

「とりあえず明日うちに来て。嫌だったら作業だけして帰ればいいじゃない」

「……うむ」

「じゃあわたし、行くね」

「……送るべ」

「平気。迷ったって言ったのは嘘だから。わたしね、嘘つきなの。でも一緒に暮らしてみたいってのは、ホント」

寒川は赤いリードをボンシャンスにつけながらしゃべる。

「それにね、わたし、飽きっぽいのよ。何年かしたら急に出て行くかもしれない」

「…………」

「今はあの家が好き。でも五年先はわからない」

「…………」

「出て行くときはボンヌシャンスを連れて行くから」

「…………」

「電車で隣に座った女が次の駅で降りたって気にしないでしょ、別に」

「うん」

「その時あなたが生きていたら、あそこに住んでていいから」

「………」

「あそこで死んでいいから。いつ死んでもいいから」

「………」

「じゃあね」

きょとんとする雫石を置いて、寒川はボンシャンスと外へ出た。

帰りの道を歩きながら、にやついている。新しい絵本のページを一枚めくった、そんな気分だ。京都に行った時も、パリに行った時も、帰国した時もそうだ。新しいページをめくるワクワク感があった。

次のページは明日にとっておく。そこには困ったような顔をしながら板を背負ってやってくるおじいさんがいて、そのすぐ横を一匹の犬がとぼとぼとついてくる。

寒川は明日からその絵を描こうと思った。

一枚一枚描いてゆこうと思った。


亜子は真っ白なウエディングドレス姿の自分を鏡に映していた。

「やっぱ似合いますねえ、最高です、先輩」

かたわらで春美は満足げにうなずく。

「先輩、少し痩せましたよね。一時は育児ノイローゼっぽくて心配しましたよ。でもまあ、ドレスを着るにはちょうどいい具合に痩せました。こういうの、悪運が強いっていうんじゃないですか」

「悪運だなんて」

「いやだってもう、亜子先輩は悪運の女王ですよ。子どもをあずかってふりまわされた挙げ句、すわ離婚って時に熱出されて情が移って引き取ろうとしたら、横からさっと手が伸びて、いい具合にさらってくれたじゃないですか」

「ちょっとその言い方ひどすぎない？　わたしは本気で育てようと思ったし……でも七重さんがぜひにって言うから……」

「膝カックンですか？」

「気負っていたから……拍子抜けっていうか……」

「わたしはほっとしましたよ。小太郎くんが心配でしたもん。亜子先輩の家事力で育てられるのは気の毒過ぎる」

「ひどいなあ……まあ、それはわたしも心配だったけど。子育てってあんなにたいへんなんだね。熱出ただけでおろおろしちゃったもの。春美ちゃん、お姑さんと同居は正解よね。ひとりよりふたり。あれ？　美亜ちゃんは？」

「下でアキラとミツルに遊んでもらってますよ。小太郎くんも一緒です。美亜ったら半年お兄ちゃんの小太郎くんをすっかり家来にしちゃってる。口が立つほうが勝つんですね」

亜子は微笑む。

「七重さんの息子さんのアキラさん、そしてパートナーのミツルさん。小太郎くんが退院したあと一回うちに来てもらったの。小太郎くんと会ってもらったんだけど、その時にね、バスケットに子どもが好きなご馳走をいーっぱい詰めてきてくれたのよ。みんなで食べたんだけど、めっちゃおいしくて。太郎さんもがつがつ食べてたなあ。わたしの料理を食べる速度と全然違うの。アキラさん、さすが料理人よね。絵本の読み聞かせも上手だし。ふたりとも知的で優しい感じだった」

春美はにやりと笑った。

「太郎さんと呼ぶのに慣れてきましたね」

「え？　そう？」

亜子は、「さよなら百瀬さん」と言ってしまったあの晩から不思議と夫との距離が縮まったような気がしていた。自分をさらけ出して解放されたのかもしれない。

春美は言う。

「それにしてもアキラとミツル、マジで子ども好きですね。自分たちに作れないから余計にかわいいのかな」

「その言い方はちょっと」

「でも現実ですよ。男と女だから子どもができる。男と男だとできない。男と女でも不妊ってあるじゃないですか。わたしみたいにすぐ妊娠しちゃったのと違ってね、子どもの存在がありがたくてしかたがない人たちもいるんだなって。彼らを見ていると、わたし、あらためて美亜がいることをありがたい、奇跡なのかなって思えるようになりました」

「うん……それはそうね」

「アキラとミツルは子どもをあまやかさないで叱ったりもしてる。なにせアキラは七重さんに育てられたんですからね、そこんとこは安心できるかな。里親試験に合格です」

「春美ちゃん、すっかり上から目線」

「そー、そー、そーなんです。わたしって、そういうとこあるんですよね。よく言われます。姑にも注意されました。おかあさんもですよと言い返しましたけどね。わたしってそういう言い方しかできないんです」

「いいのよ、春美ちゃんはそれで」

「わたしのおかげで今日このドレスが着られるんですからね。あの夜、亜子先輩から式場キャンセルしたって連絡だけもらって、理由も教えてくれないし、でもどーしてもどーしてもこのドレスを亜子先輩に着せたかったから、三日月館に電話して、このドレスの予約だけ温存できませんかって聞いてみたんです。そしたら仏滅だから大丈夫ですって言われたんですよ」

「ありがとね」

亜子は自分を鏡で見つめ直す。

首から胸にかけてのデコルテと、肩から手首にかけての袖の部分は上品な透け感がある白いオーガンジーで、胸元から腰までは光沢のある上質なシルク生地が体のラインにやさしくフィットしている。太ももあたりから裾にかけてはなだらかに広がる。装飾はいっさいなく、潔いシンプルさだ。ドレスとセットでレンタルしたオーガンジーのベールが唯一の装飾になるはずだったが、ティアラがないせいかうまく頭に付けられない。春美もあれこれやってくれたがとうとうお手上げで、「あきらめましょう」と。ショートカットの亜子の頭はそのままでいくことにした。質素すぎる気もするが、それもまた自分らしいと亜子は思う。

「仏滅さまさまですよ」と春美は言う。

「仏滅に幽霊屋敷で婚礼。ヤバいがダブルです。笑っちゃいますよ。下には結構人が集まってきてますすよ。祝先輩もいます。厳しい人だったけど、亜子先輩のことは評価していましたよね。下はすべて和室だから入れるだけ入れますよ。幽霊屋敷さまさまです。マイナスとマイナスを掛けたらプラスになるってあの数学の論理、中学の教室で聞いた時はふざけんなって思いましたけどね。その頃わたし人生最高値だったものですから」

「最高値って？」

「体重がです。寝る前におしるこ食べるのにハマっちゃってて、身長は止まったのに横幅がどんどん成長したんです。デブとブスを掛けたら周囲から人間扱いされなくなりました。男子からおいそこのブタって呼ばれましたよ。女子も容赦なかったです。苗字は寿なのにコトブタさあんって呼んで、あ、まちがえたごめんごめんって。男子より陰湿です。メンタルはマイナスに拍車かかってました。でも今初めてのみこめましたよ。マイナスとマイナスでプラスになることもあるって。時と場合によってですけどね」

「春美ちゃんったら」

亜子はお腹をかかえてけらけらと笑った。

春美は亜子を見て微笑む。亜子の笑顔は春美にとって宝物だ。優しい彼女にはずっと笑顔でいてほしいし、彼女を手に入れた百瀬にもっと大切にしろと言いたい。彼は彼なりに大切にしているつもりなのだろう。しかし女心とは遠いへだたりがある。そこをわかっていないので、浮気の心配はゼロより低い、と春美は思う。

春美は今日介添人として薄いピンクのドレスを着ている。

「春美ちゃんも素敵よ。そのドレス似合ってる」

「一応、ブライズメイドですからね。ちゃんとしましたよ。主役を食わないように控えめにね。でもほんとに先輩、このウエディングドレス似合うなあ。猫弁、惚れ直すでしょうね。まあ……くびれはありませんけどね、ウエストは細いですけど胸もありませんからね。ストンとした体型にこのドレスはぴったりです」

「褒めてるの？　けなしてるの？」

亜子は再びけらけらと笑った。結婚式を挙げられるのがうれしくてたまらない。

すっかりおよび腰になってしまった亜子や百瀬を無視して、「やる！」と決めて突き進んでくれた七重や春美、そして野呂。「仏滅だろうが事務所でやろうがかまわないからやりなさい」と背中を押してくれた両親。そして今日来てくれるすべての人々に亜子は感謝したい。

ここは言うまでもなく幽霊屋敷の……もとい、百瀬法律事務所の二階の鈴木晴人の居室である。花嫁の支度部屋として使わせてもらっている。

晴人は七重の指揮により下で式の準備を手伝っている。正水直もだ。

本日は一階の部屋の襖をすべて取り去り、三つの和室を合わせた大広間で百瀬太郎と百瀬亜子の結婚式がとり行われる。応接室のソファや椅子はすべて庭に出して、入りきれない客はそこから見守る。

事務所の猫たちはというと、脱走の危険がある猫はまこと動物病院にあずかってもらった。逃げるなんて頭にない猫たちは本日も事務所内の好きな場所にいる。下の変化は感じ取って、二階でくつろいでいる。

亜子は今、猫たちに囲まれた状況で花嫁衣装を身にまとっているのだ。猫たちは真っ白に異常性を感じるのか近寄ってはこない。ドレスの貸し出し料金は保険料も込みでなかなかのものであったが、三日月館で披露宴を行うことを思えばかなりリーズナブルな予算におさまった。

下では七重と亜子の母の敏恵が「あ、それはこっちね」「これはあっちによろしくお願いします」などと次々届く振る舞い料理を受け取るのに忙しい。七重は鶯色《うぐいすいろ》の留袖、敏恵は黒留袖を着ているが、せっせと動き回る。

ひなた商店街のノハラ鮮魚店からは鯛《たい》の塩焼きと刺身の盛り合わせ、ノハラ精肉店からは揚げ物類、ノハラ青果店からはフルーツの盛り合わせ、そして小太郎や美亜のために喫茶エデンからお子様プレートが届く。届けにきたウエイターの梶は手伝うという名目で帰ろうとしない。

料理は壁に寄せられたデスクやスチール製のキャビネットに置かれてゆく。取り皿は「紙皿は絶対ダメ」という七重の意向で、七重と敏恵が持ち寄ったお祝いにふさわしい皿が重ねられた。来賓はそれぞれが好きなものをとり、自由に飲食する予定だ。

野呂は七重の任命により司会進行役となり、さきほどからキッチンで式次第の確認に余念がない。一張羅のモーニングを着て、髪も髭《ひげ》もきちんと整え、時々うがいをし、自慢のバリトンの美声を整えている。

亜子の父の大福徹二は紋付袴姿で、さきほどから汗だくになって階段を上ったり降りたりしている。娘の晴れ姿を見ようか迷っているのではない。

式のオープニングはバージンロードの代わりに階段を花嫁と父が降りてくるという演出となっており、それを考案した野呂から三日前に提案された徹二は、かなりうれしかったものの、しかたなくを装って、「やってみますかね」と引き受け、自宅の階段で練習してみたのだが、どうにもうまくいかない。なにせ足袋を履いているし、板階段はすべりやすくてずっこけそうだ。野呂の提案によるとメンデルスゾーンの結婚行進曲を流すそうで、つまり、あの派手なパンパカパーン、パンパカパーンで始まって、やがてジャーンジャーカジャンジャンジャカジャカとアップテンポで進んでゆくのに足がついてゆかない。

野呂に泣きついて、もっとおとなしい曲、ワーグナーの結婚行進曲に変えてもらった。こちらはスローテンポで合わせやすい。さらに、階段には赤いフェルトを貼り付けて、すべらない対策をとってもらった。一見すると赤絨毯《じゅうたん》に見え、結婚式感がぐっと増した。手先の器用な鈴木晴人がやってくれた。そこまでやってもらって失敗はできんと、せっせと練習に励んでいるのである。

「おとうさん、やりすぎると足がつりますよ」と敏恵に注意され、それもそうだと、今は階段の一番下の段に腰をかけて待機している。

野呂はというと、実はワーグナーの結婚行進曲にじゃっかんの疑念を抱いている。この曲は正確に言えば『ローエングリン』というオペラの第三幕第一場で歌われる『婚礼の合唱』で、ストーリーは何と、花婿のローエングリンが花嫁のエルザのもとを去り、最後にエルザは死んでしまうという悲劇なのだ。それを知って聴くと、この曲は悲しみの予兆を表現するものに思えてくる。

野呂は式次第の確認を終えると、和室の隅で居心地悪そうにあぐらをかいている沢村透明に声をかけた。

「今日はご出席くださってありがとうございます」

沢村はちらりと向こうを見た。黒のパンツスーツの正水直は来賓を案内するのに忙しく立ち働いている。

「あの子が、来いってしつこいから」

「直ちゃん、いい子でしょう？」

野呂はまるで父親のように自慢顔だ。

「沢村先生に来ていただきたいと七重さんもわたしも強く願っていたんです。だから直ちゃんに頼んだのです。連れてきてくれって。直ちゃんは沢村先生を連れてくるのは難しいと抵抗していたんですけどね。でもこの式には沢村先生が必要なんです」

「なんでぼくが……」

「姿がいいからですよ。姿がいい人がいると、場が華やぎますからね。まるで花婿さんみたいに立派です。何人もの人からあのかたが亜子さんの旦那さんですかと聞かれましたよ。はっはっは。いやあ、すばらしいなあ。わたしもあなたみたいに格好よく生まれたかったなあ」

「やめてください……」

沢村は正水直の指示で今日はかなり地味な、ダークネイビーのスーツを着ている。「百瀬先生より目立たないでください」と言われている。

野呂は上機嫌だ。

「いい男がいるとみんな生き生きしますね。別に変な意味じゃなくてですよ。美男も美女もただ美しいというだけで、周囲をちょっとハッピーにするんですよ」

「はあ……」

野呂は沢村の教養の高さを知っているので、ワーグナーの結婚行進曲はまずいだろうかと尋ねた。すると沢村は何かを思い出すように目をパチパチさせた。まつ毛の長さに野呂は感心する。やがて沢村は口を開いた。

「のちにドイツの皇帝となったフリードリヒ三世とイギリスの皇女ヴィクトリアは結婚式でこの曲を流したけど、終生円満な家庭生活を送ったはず」

野呂は胸を撫で下ろした。

「あー、よかった。そうでしたか。さすが沢村先生、知識が広範囲ですなあ」

野呂はにこにこ顔だ。

「百瀬先生に限って亜子さんのもとを去るだなんて、考えられませんからねえ。去られる心配だけいつもしてますからねえ」

「あの……百瀬先生は？」

「ああ、実は今、庭でね、今日は庭に応接セットを出してあるじゃないですか、あそこでね、急にいらした依頼人の相談に乗ってるんですよ」

「え……今？」

「ええ」と言って野呂は腕時計を見る。

「はじまりまであと十五分ですね。そろそろ呼んできますよ。花嫁さんがおとうさまと腕を組んで赤絨毯の階段を降りてきた時にそこに花婿さんがいないとなったら、笑えませんからねえ。ええ、ちゃんとね、着替えは済んでいます。といってもね、冠婚葬祭でよく着る黒い安物のスーツです。葬式で着る服ですよ。司会のわたしがモーニングなのに、主役がね、ぱっとしません。でもネクタイはわたしが貸しました。花婿っぽく白に少し銀糸が光ってるやつです」

式までもうすぐだ。

亜子は二階でひとり、もうすぐだ、と唇を嚙み締める。

春美はそろそろだからと下に降りてしまい、たったひとりになると、緊張して手が震える。春美がここでさんざんおしゃべりしていったのは、亜子を落ち着かせるためだったのだと今頃気づく。

落ち着け、落ち着けと自分に言い聞かせていると、ふわっといい匂いがした。

髪に誰かの手が触れた。鏡を見ると、真っ白なカトレアの花が目に入る。大輪の花がさりげなく亜子の髪に飾られ、さらに美しいベールが頭頂部からふわあっと、まるで噴水のようにかけられてゆく。細く長い指が手際よく亜子の髪をセットしてゆく。誰かが美容師を手配してくれたのだ、と亜子は思った。

質素だった花嫁が見違えるように華やかになり、気品が何倍にも増した。自分の姿に自信がついた亜子はもうすっかり堂々とした気持ちになり、震えなど消えてしまった。カトレアの甘い香りも心強い味方だ。

「ありがとうございます、すごく綺麗にしていただいて。自信がつきました」

鏡越しなので、亜子の姿に隠れて美容師の姿は見えないが、礼を言わずにはいられない。髪ができあがると、手にブーケを持たされた。真っ白なカトレアのブーケだ。

「綺麗……」

「綺麗なのはあなたの心」と美容師は言った。

その声に聞き覚えがあった。深くて神秘的で、一度聞くと忘れることはできない。

「ありがとう、亜子さん。おしあわせにね」

亜子はハッと後ろを見た。もうそこには誰もいなかった。

荘厳なワーグナーの曲とともに、亜子は父と腕を組んで階段を降りてゆく。一段、一段、ゆっくりと踏みしめながら降りてゆく。

父が感動で震えているのがわかり、亜子は気を引き締めた。父がすべり落ちないよう、腕をぐっとつかむ。すると徹二はかんちがいして、「大丈夫だ、おとうさんに任せろ」とつぶやいた。

階段の下では花婿の百瀬が少し照れたような顔でふたりを見上げている。

髪はあいかわらずぼさぼさだ。美容師は彼のところには行かなかったのだと亜子は察した。亜子はというと、ふてぶてしいほど落ち着いている。自分の美しさに自信を持っているからだ。

階段を降り終えると、徹二が「よろしく頼む」と言って、亜子を百瀬に託した。

百瀬は感極まった顔で亜子を見つめた。

黒ぶち丸めがねの奥の黒い瞳に真っ白な亜子が映っている。

今初めて結婚を自覚した、百瀬はそんな顔をしている。

式というものはどんな形式であれ人に自覚を促すものなのだろう。

亜子は夫のこの顔を一生覚えておこうと思った。

夫の腕に手を添えて広間の真ん中を歩いてゆく。みなは立ったまま、道を開けてふたりを見守っている。青い鳥こども園の遠山健介も、百瀬を崇拝する若手弁護士赤井玉男《あかいたまお》も、お子様プレートを運んできたついでに参列することになった喫茶エデンの梶佑介も、元衆議院議員の宇野勝子《うのかつこ》や、その母である小高《こだか》トモエも優しく見守っている。宇野勝子と小高トモエはシャンパンやビールなど大量の飲み物を差し入れしてくれた。

事務所の大家の澄世《すみよ》とその夫の刑事の天川《あまかわ》は庭からそっと見守っている。

百瀬と亜子は床の間の前まで来ると、振り返り、みなにお辞儀をした。

音響を担当する鈴木晴人は事前に野呂から受けた指示通りに音量を下げた。ここからは野呂が準備した披露宴に相応《ふさわ》しいクラシック音楽が次々と流れる。ヴィヴァルディの『四季』やチャイコフスキーの『花のワルツ』などが会話を邪魔しない音量で流れ続ける予定だ。

ここで司会の野呂が冒頭の挨拶をするのだが、あふれる涙に声が震えてしまう。

「み……みなひゃま……ほ……ほんじっ……つは……」

七重が横からさっとマイクを奪う。

「長くなりそうなので、とりあえずみんな座りましょうか。花嫁花婿も座って、みんなもね」

七重はすぐに野呂にマイクを返し、背中をぽんぽんと叩いて、「野呂さんはそれでいいんですよ」とささやいた。実は野呂が声を詰まらせたことがきっかけで、来賓たちに感動が伝播《でんぱ》し、もらい泣きする人もいて、荘厳な雰囲気を盛り上げている。

花嫁と花婿は床の間の前に用意されたスツールに腰を下ろし、来賓たちはそれぞれに椅子に座ったり、畳に座ったりした。小太郎と美亜は仲良くパズルで遊んでいる。

野呂は涙ながらに百瀬の経歴を話し始めた。みな聞き入っている。

亜子は百瀬にだけ聞こえる声でささやく。

「おかあさんがいらしています」

百瀬はハッと息を呑んだ。

「上で髪を整えてくださったんです。今、全体を見回したんですが、下にはいらっしゃらない。もう行ってしまったのかもしれない。でもまだ遠くには行ってないはず。追いかけたら会えます」

百瀬は無言だ。

「今すぐ行って。手がかりはこの香りです」

亜子はブーケのカトレアを一輪抜き取り、百瀬の胸ポケットにさした。

百瀬は立とうとしない。

「太郎さん？」

「結婚式ですから」と百瀬は言った。

亜子は選ばれたと思った。百瀬は母よりも結婚式を選んでくれた。うれしかった。うれしかったから、言えるのかもしれない。

「わたしはひとりで立っていられる人間ですよ」

「え？」

「そう言ったのは太郎さん、あなたです」

亜子はいきなり立ち上がり、百瀬の胸ぐらをつかんで、立たせた。

野呂は驚いてしゃべるのをやめた。みなもびっくりして亜子と百瀬を凝視する。

「いってらっしゃい！」

亜子は百瀬の背中を両手で押した。

百瀬は啞然としている人々にぺこっと一礼し、ダッと走り出す。

広間はざわついた。

野呂はマイクを握りしめ口を開けたまま凍りついている。

ちょうどその時曲が切り替わり、バッハの『主よ、人の望みの喜びよ』が流れ始める。優しく肌をなでるような旋律だ。

花婿が式場から消える。そんな珍事を静かなやわらかい曲が包み込む。そこにいる誰もが「これはまあ、よくあることかもしれないな」と思い始めた。「騒ぐほどのことではないのかも」とたいした根拠もなく信じられる。曲の力だ。

百瀬は出て行った。それ以外は何も変わらない。

亜子がよく通る声で「失礼しました。このまま進行お願いします」と言って、にっこりと笑ってみせた。

みな唖然としているものの、亜子が微笑んでいるので、やはりきっとたいしたことではないのだと確信した。百瀬には何か大切なことがあるのだろう。何をおいても行かねばならないことがあるのだ。そしてその大切なことを終えたら、きっとここに戻ってくる。百瀬はどんな時も人を裏切ることはなかった。彼はそういう人間なんだ。好きにさせておこう、みながそう思った。

「おなかちゅいたあ」と美亜がつぶやいた。

百瀬は走った。走りに走った。

不思議なことだが、母が歩いた道がわかるのだ。カトレアの残り香のせいだろうか。いや違う。母の後ろ姿が見えるのだ。母の思考が見えるのだ。まずそこの路地を右に曲がって、そのあとはまっすぐに進み、すると坂があり、そこを上ってゆくと……。

車の通りが激しい大通りに出た。

ということは、車に乗ったのか？　行ってしまったのか？

こちら側の歩道には人がまばらだ。杖《つえ》をつくお年寄り、制服を着た高校生らしき男女、どれも母ではない。おそらく母は変装しているだろう。それでも、あの人ではないし、この人でもない。

反対車線の向こう側の歩道を見ると、黒のパンツスーツ姿のほっそりとした女性が立っている。黒髪をタイトにまとめてサングラスをかけている。小型のボストンバッグを肩から下げ、遠くを見ているようだ。

母だ。シュガー・ベネットとはまるで別人に見えるが、百瀬には母だとわかる。車を待っているようだ。おそらく仲間の車だ。

百瀬は叫んだ。

「おかあさん！」

車の走行音で百瀬の声はかき消された。車道へ出て、もう一度叫ぶ。

「おかあさん！」

激しくクラクションが鳴り、こちら側の車線を大型トラックが迫ってきて、百瀬の鼻先を通り過ぎた。だいぶ車道に入り込んでいたので、警告されたのだ。

ひやりとして後ずさり、歩道に戻る。見ると、母の姿が消えており、赤いテスラが反対車線に停車している。

「待って！」

百瀬は再び車道に飛び出した。急ブレーキの音がした。黄色い車があと五十センチというところで停まった。

赤いテスラは発車してしまった。

百瀬はへたりこんだ。永久に母を失った。おそらくもう二度と会えないだろう。生きている母には二度と。

「大丈夫ですか？　お怪我は？」

黄色い車の運転手があわてて降りてきた。

「百瀬先生じゃないですか！」


自分を運がいいと思ったのは自分史上初めてだ。そう思いながら百瀬は黄色い車の助手席で前を見つめている。

さきほど轢かれそうになったこの車は『ペッタクゆる』のタクシーで、犬のお届けが済み、会社へ戻るところだということで、ペットなしでも乗せてくれて、「赤いテスラを追いかけてください」という無理な要望にも「よしきた」と引き受けてくれて、無謀なUターンを慎重にしてくれた。もしパトカーに追われたら、無償で弁護すると百瀬は請け合った。途中で財布もスマホもないと気づいて白状したが、「あとで請求書を送りますから、お気になさらず」と言ってくれた。ゆるさに救われる。

赤いテスラは二台先を走っている。

「距離は詰めずに、このくらいでお願いします」と百瀬は言った。

「承知しました」

店長兼運転手は「いったいどんな事件なんですか」などと聞くこともなく、ただただ要望通りに走ってくれる。利用者に寄り添った優しい車だと百瀬はつくづく感心する。

「おかげさまで巻き毛の猫は今とてもいい環境で暮らしています」と言うと、「それはよかったです」と店長は前を見ながら微笑んだ。

優しさは偉大だと、百瀬はあらためて思う。

赤いテスラは北西へと進んでいる。意外だ。南下すると思っていた。おそらく母は国外へ飛ぼうとしている。空を飛ぶにしろ海をゆくにしろ、南下しか道はないと思っていた。見失った時のために、行き先の当たりをつけておこうと、上を見る。頭蓋骨と前頭葉の間のすきまに空気を送り続ける。

ひとつ、思いついた。しかし確信はない。

やがてテスラは緑深い山裾へと入って行った。

もう間に走る車はない。向こうはつけられているのをわかっているだろうが、振り切ろうとしないので、もはやあからさまにあとをついてゆく。

百瀬はほっとした。店長もほっとしたようだ。

「なんだか仲良くツーリングしているみたいになってきましたね」

「そうなのかもしれません」と百瀬はつぶやいた。

母と壮大な旅をしているのかもしれない。

自分の人生はずっと母との旅なのかもしれない。

距離をとっているが、今までもこれからも、一緒に旅をしているのかもしれない。

三十分ほど山道をくねくねと行くと、急にひらけた空間が見え、テスラはそこへ入って行った。廃校になった小学校のようだ。

校庭の中央でテスラは停車した。中から母だけが降りてきた。百瀬も黄色い車から降りた。

母はサングラスをはずしてこちらを見ている。

百瀬はゆっくりと近づいてゆく。

パタパタパタと遠くの空から音が聞こえてくる。やはりヘリだ、と百瀬は思った。

母まであと五メートルというところで百瀬は立ち止まった。

母の真っ赤な唇が優しく微笑んでいる。

パタパタパタパタがだんだん大きくなる。早く何か言わなくてはと百瀬はあせる。

「ユリ・ボーンを助けに行くの？」

話したいのはそういうことじゃないんだ、と思いながらも、そう言った。なんでもいい、母の声が聞きたかったのだ。見た目が違うので確信が欲しかった。すると母はよく通る声で言った。

「彼は大丈夫。すべて計画通りだから」

ああ、母だ。自分を育ててくれた母の声だ。百瀬は感極まった。

「誰を助けに行くの？」

「すべての人を」

「世界平和のため？」

「そうよ」

「ぼくに何かできる？」

母は口を閉じた。

「ぼくも行こうか？」

母は真っ赤な唇を少しゆがめた。

百瀬は何かまずいことを言ったかな、と思った。昔、息子を叱る前に母はよくそんな顔をしていた。

ヘリの音が大きくなった。もうすぐそこに来てしまった。そしてゆっくり降下し始めた。どんどんうるさくなる。どんどんどんどん。親子を引き裂くように爆音は大きくなる。母が気を悪くしたタイミングで別れが迫ってくる。嫌だ、すごく嫌だ。どうにか挽回したいと百瀬はあせった。

母が何かしゃべった。唇が動いたが、聞こえない。

「なあに？」と聞き返す。

おそらく百瀬の声も母には届いていないだろう。でも言わずにいられない。

「なあに？」

すると母はいきなり走ってきて百瀬を抱きしめた。ぷん、とカトレアの香りがした。

母は耳元でささやいた。

「あなたは奇跡の子」

パタパタパタはバタバタバタに変わり、脳をかき乱す。百瀬は母の言葉をむさぼるように「ママ」とつぶやいた。三十五年ぶりの「ママ」だ。そしてたぶん最後の「ママ」だ。

母は息子の頭をくしゃくしゃと撫で回したあと、目に焼き付けるように顔を覗き込む。

「あなたがしていることと、ママがしていることは同じ」

そのあとは爆音にかき消された。

「なあに？」

聞き返す百瀬の声ももはや自分にすら聞こえない。

母はにっこり笑って身を翻し、行ってしまった。

爆音と突風の中、空高く昇った母は、やがて彼方《かなた》へと消えていった。

百瀬法律事務所はとても静かだ。

野呂はひとりパソコンに向かい、ボスは応接室で依頼人から相談を受けている。依頼人がいなければ、野呂はラジオで好きな音楽を流し続けるが、依頼人がいる間は消している。応接室の襖が開いたらすぐに対応できるように、イヤホンも使わない。いたって静かだ。野呂の打つキーボードの音が耳につくほど静かだ。手を止めてみる。すると「シーン」という音が聞こえ始める。

野呂がこの音に気づいたのは最近で、すごく不安になった。

この事務所は以前幽霊屋敷と呼ばれていた。ほんとうに幽霊がいて、リフォームしたからって出ていくわけではないだろうし、地縛霊が「シーン」と念を発しているのではないか。あるいは何か電磁波のようなものが音を立てているのではないか。あれこれ考えて不安になった。

ボスに尋ねたが「特に音は聞こえませんが」と言われた。野呂は自分の耳の病気を疑い、耳鼻科に行った。すると医師から「それは耳鳴《じめい》です」と言われた。つまるところ耳鳴りなのだが、それって誰もが感じるごく自然な現象であるらしい。静かな時に本人のみに聞こえる「シーン」とか「キーン」とか「ジー」という音である。ひとそれぞれに聞こえかたが異なるが、実際には音はしていなくて、そういうふうに脳が感知しているだけらしい。実際に音が発生すればかき消されてしまう儚《はかな》い音である。

ところが老化などで聴力が衰えると、脳が聴覚をとぎすませて音を増幅させてしまい、耳鳴が大きく聞こえてしまうのだそうだ。野呂の聴覚は年齢的には「普通程度に衰えている」と診断され、「気になさらないでください」と言われた。気にするとますます大きく感じてしまうものらしい。

大層な機械で検査した挙げ句、気にするなと言われた野呂は、徒労感とともに、「まあ、そういうものなのかな」と納得し、「これは七重さんの置き土産だ」と思うことにした。

七重がいなくなった百瀬法律事務所はあまりにも静かなのである。それまでは七重のおしゃべりや乱暴な所作で立てる音のおかげで、耳鳴が聞こえなかった。

だから今は野呂が自分で音を立てるしかない。

「まさか七重さんが育休を申請するとはねえ」とあえて声に出してみる。応接室に届かない程度のつぶやきだ。

「まあでも育休は自分が産んだ子でなければ取得できないとキメツケるのもおかしいしなあ」

七重の要求は「育休期間は無期限で、戻りたくなったらいつでも戻れる」というかなり自分に都合のよいもので、ボスはこれを呑んだ。その上、育休中の給与は五〇%を支給すると言い出した。これには七重がめんくらい、「え？　くれるんですか」と驚いていたが、「労働者の当然の権利ですよ」とボスは言った。

無期限で五〇％支給し続ける？

野呂はそれを当然だとは思わない。七重は里親ではなく里親の親という立場だし、里親（つまり息子）からしっかり育児手当をもらっているらしいので、「ちょっと甘いんでないかい？」と思う。しかし、「七重がふいに戻ってくるかもしれない」という望みが残っているということはひじょうに心強い。

再び騒々しくなって、耳鳴がかき消されるかもしれない。そう思うとほっとして、今聞こえている「シーン」もやや小さく感じられる。

七重の置き土産はまだあって、二階の住人晴人との朝食は続いている。男二人が毎朝交替でこしらえ、ぼそぼそとしゃべりながら飯を食う日々だ。

野呂はパソコン作業をやめて、猫トイレの掃除を始める。一階に猫トイレは四台、二階には一台。ひとつずつ綺麗にしてゆく。

事務所の猫は現在九匹だ。最近では最も少ない。

ごくたまにだが七重が小太郎と遊びに来て、小太郎が気に入った猫をマンションに連れて行ってくれる。アキラとミツルの高級マンションにはここ出身の猫がすでに三匹いる。

七重も今東京タワーの見える部屋で猫トイレの掃除をしているかもしれない。

「百瀬法律事務所の支部と化したな」とひとりごちる。

猫トイレの掃除は思いのほか腰に負担がかかる。野呂は立ち上がってゆっくりと腰を伸ばす。すると、額装してある写真が目に入る。

百瀬と亜子の結婚式の写真だ。

百瀬は嫌がったが七重が強引に壁にとりつけた。

野呂は写真を見つめながら腰を下ろし、あの日に想《おも》いを馳せる。

司会進行役を拝命し、「つつがなく進行しなくては」という使命感で震えながら迎えた当日。メンデルスゾーンをワーグナーに変更したり、いきなりやってきた依頼人を百瀬が受け入れてしまったりという不測の事態がしょっぱなにあった。

そう、いきなりの訪問者。あれにはあせった。痩せ細った青年で、「アパートでワニを飼っていたら大家から出て行ってくれと言われた。お隣さんは金魚を飼っていて、許されている。差別だ」というもので、野呂は「ワニと金魚はベツモノだろ」と追い返したかったが、自暴自棄になった青年が神田川にワニを放してしまったら生態系が崩れるし、しかたなく受け入れることにした。

心配をかかえたままではあるが、時間はきちんとやってきて、とにかく式は始まった。

大福徹二と亜子が階段を降りてくるシーンは圧巻で、「亜子さんってあんなに美しかったっけ」とあまりのまぶしさに、野呂はその時点で涙腺が決壊。

そして肝心の百瀬はというと、依頼人の相談を無事終えて、服も髪型もいまいちだったが、いかにも百瀬らしくそこに立ち、美しい花嫁を義父から託され、堂々と、とは言えないまでも、とぼとぼと転ばずに歩き、野呂が指定した場所までたどりついた。そしてちゃんと振り返って、みなを見て、お辞儀ができた。ちゃんとそこまではつつがなかった。

野呂は涙しながらも、その時ふと違和感をもった。

百瀬がまるで主人公のように人々の真ん中に立っていることに違和感があった。

優れた人間である百瀬が堂々と中心に立つ。それは野呂が長年望んでいた光景ではないか。社会の隅で猫弁などと軽んじられてはいけない。世界の中心でどーんと輝いていなければならない。そう思っていた野呂なのに、「何か変」と思ってしまった。

百瀬自身もそう思うのか、バツの悪そうな顔をしていた。

野呂は気づいた。

そうだ。百瀬は卓越した脳と、岩清水のように透き通った心をもった、特別な、そう、奇跡のような男であるにもかかわらず、いつも上に立たず、真ん中にも立たず、そっと誰かの人生の傍《かたわら》にいて、見守っている。それこそ壁紙のように、さりげなく存在している。

それが百瀬だ。関わったすべての人間にとって百瀬は壁紙なのだ。

それ以上にも以下にもならない。そういう男なのだ、百瀬太郎は。

野呂は涙を流しながらも、百瀬の経歴を語り始めた。今日くらいはボスを主人公にしたいと思い、何日もかけて練り上げた百瀬の生い立ちを語り始めた。長い長い百瀬太郎の物語。どれだけ優れた人間かを語らねばならない。

語り始めてすぐの時だ。

亜子がいきなり百瀬の胸ぐらをつかんで立たせると、「いってらっしゃい！」と背中を押した。そして百瀬は行ってしまった。

野呂は呆気《あっけ》に取《と》られた。

「ワーグナーにしたからだ！」と咄嗟《とっさ》に後悔した。

あのオペラは花婿が去り、花嫁は悲しみ、やがて死んでしまうという悲劇だ。

ところが亜子は「失礼しました。このまま進行お願いします」と言って、にっこりと笑ってみせたのだ。

花婿が去ったのではなく、花嫁に追い出されたの図。

悲劇ではなく、喜劇ではないか。

野呂は心のどこかでほっとしていた。もう「つつがなく」なんて言ってられない。花婿のいない結婚式。楽しくやるしかない。

そしてみながそうした。

和気あいあいとしゃべり、マイクを奪い合って、百瀬がいかに変で、いかにずっこけていて、いかにやさしいかを語り始めた。

それまで庭にいた大家で男性恐怖症の澄世までもが、マイクを四本指で握り締め、堂々と、そして楽しそうに、「百瀬さん、うちでいねむりしたんです」と語った。その夫の天川も「捜査の邪魔ばかりするので、一本背負いしてやりました」と豪快に語る。そのたびにどっと笑いが起こる。

秋田の靴屋大河内三千代からはお祝いの言葉が音声データで届いており、再生すると、「百瀬から秋田旅行に誘っておいて、亜子をひとりで行かせた」という暴露話であり、めげずにちゃんとひとりで来て楽しんで帰った亜子の武勇伝が語られ、それを聞いたみんなは「なーんだ、今日も同じじゃないか」と妙に納得し、再び爆笑。

野呂はその時につくづく思った。

百瀬太郎が存在する世界をみんなが楽しんでいると。

やはりボスは壁紙なのだ。みんなを幸せにする尊い壁紙なのだ。

主役じゃない。それでいい。

野呂は現在シーンという音を聞きながら、事務所の椅子にひとり腰掛け、結婚式の写真を見つめて目を細める。

この広間にぎゅうぎゅうに集まった人々。ぱらぱらと少しずつ増えてきて、誰も帰ろうとしない。ご馳走《ちそう》もなくなり、子どもたちはうとうとし始め、式も終わりに近づいた頃、臨月に近い柳まことがかけつけて、夫の帆巣《はんす》がカメラマンをやると言った。

野呂が用意したデジタルカメラではなくて、一眼レフのデカいフィルムカメラを設置して、みなが亜子を囲んで集まった。花婿不在なんて誰も気にしておらず、さあ撮ろうという時、すべり込みセーフで戻ってきた百瀬をみなが拍手で迎えた。

そう言えば誰も尋ねなかった。「どこへ行ってたの?」と。

野呂も尋ねることはしない。今も知らない。

帰ってきた百瀬の頭はなぜか今までで一番爆発しており、そのまま亜子の隣に立った。

写真の亜子は大きな口をぱかっと開けて笑っている。

野呂はそれを見るたびにクックッと思い出し笑いをしてしまう。

あの時、カメラマンの帆巣が何度も注意した。

「花嫁さん、少し笑顔を抑えられませんか。それでは花嫁に見えません」

「花嫁さん、あと少し口を閉じられませんか」

「花嫁さん、笑わないでください」

注意されるたびに亜子は「ごめんなさい」とすまし顔をしてみせるのだが、「3、2、1、ハイ!」とシャッターが切られる瞬間に爆笑してしまう。

亜子はすっかり笑いのツボにはまってしまったのだ。

人はうれし過ぎると泣いてしまうというが、うれしさが頂点に達すると爆笑してしまうものなのかもしれない。亜子につられてみなが笑ってしまって、しまいにはカメラマンも吹き出し、爆笑ずっこけ集合写真になってしまった。

ただひとり百瀬だけがまるで任務のようにカメラを睨んでいる。

幸せが頂点を突き抜けると凍結してしまうのだというように。

「野呂さん?」と言われてハッとする。

いつのまにか百瀬が応接室から戻ってきている。

「依頼人は？」

「お帰りになりました」

野呂はあわてた。全く気づかなかった。いよいよ耳が遠くなったのかもしれない。写真を見てニヤついている場合ではないぞ。七重がいない今、天才弁護士百瀬を支える秘書として、もっとビシッとやっていかなければと猛省する。

「先生、どんな依頼でしたか？」

野呂はおそるおそる尋ねる。

「ひょっとしてまた……」

「はい、猫です」

百瀬はにっこりと笑った。

本書は書き下ろしです

大山淳子（おおやま・じゅんこ）

東京都出身。2006年、『三日月夜話』で城戸賞入選。2008年、『通夜女《つやめ》』で函館港イルミナシオン映画祭シナリオ大賞グランプリ。2011年、『猫弁 死体の身代金』で第３回TBS・講談社ドラマ原作大賞を受賞しデビュー。「猫弁」シリーズの第１シーズンとして『猫弁 天才百瀬とやっかいな依頼人たち』『猫弁と透明人間』『猫弁と指輪物語』『猫弁と少女探偵』『猫弁と魔女裁判』、第２シーズンとして『猫弁と星の王子』『猫弁と鉄の女』『猫弁と幽霊屋敷』『猫弁と狼少女』がある。2018年、『赤い靴』が第21回大藪春彦賞候補となる。他著に「あずかりやさん」シリーズ、『イーヨくんの結婚生活』『犬小屋アットホーム！』などがある。

猫弁《ねこべん》と奇跡《きせき》の子《こ》

第一刷発行　二〇二四年十一月十八日

著者　大山淳子《おおやまじゅんこ》
発行者　篠木和久
発行所　株式会社　講談社
〒112-8001東京都文京区音羽二―一二―二一
電話　出版　〇三―五三九五―三五〇五
　　　販売　〇三―五三九五―五八一七
　　　業務　〇三―五三九五―三六一五

本文データ制作　講談社デジタル製作
印刷所　株式会社ＫＰＳプロダクツ
製本所　株式会社国宝社

定価はカバーに表示してあります。

Printed in Japan　ISBN978-4-06-537336-1
N.D.C. 913　286p　19cm

KODANSHA